掃除屋《クリーナー》

プロレス始末伝

黒木あるじ

JN177898

集英社文庫

目次

掃除屋《クリーナー》

プロレス始末伝

プロローグ

え、プロレスマスコミじゃないの、おたく。

なんだ、「ちょっと話を聞きたい」なんて言うから、てっきり「超刊プロレス」か「帝国スポーツ」さんかと思っちゃった。へえ、フリーの記者なんだ。

まあ、別になんの取材でも構わないんだけど、俺なんかの話でいいのかい。だって俺、選手でも業界関係者でもない、単なるプロレスファンなんだよ。ま、単なると言っても、そんじょそこらのファンよりは観戦歴も長いし知識もあるとは思うけど。

おたく、プロレス見たことある？　もし今度どっかの大会へ取材に来たら、声援に注意してみてよ。フィニッシュ直前に、俺の声が聞こえるはずだからさ。

そう、だいたいの技が頭に入ってるから「ここだッ」と思った場面で叫ぶの。まあ、初心者へのサービスみたいなもんかなあ。そういうのがわかるとプロレスって何倍も面白くなるからね。ファンによるファンへのファンサービスってわけ。ははは。

で……なんの話だっけ。

ああ、そうだそうだ。「あるレスラーの秘密」ね。はいはい、了解了解。

最初に「あれっ」と思ったのは……二年くらい前かなあ。名古屋だったか新潟だったか忘れたけど、地方大会でね。第三試合か第四試合の……正直に言ったら、どうでもいい感じの前座だったのよ。それで「いまのうちにトイレに行こうかなあ」なんて迷っていたらさ、やけにあっさり試合が終わっちゃったんだよね。

勝ったのは、そこそこ有名どころの外国人レスラー。で、負けたのは中年……待てよ、あの歳《とし》だと初老って呼んだほうがいいのかなあ。とにかく、いぶし銀のおっさんでさ。昔はメジャーの団体に在籍してたんだけど、今はフリーでやってる選手なんだよね。で、その人が負けたの。うん、スリーカウントで。ま、順当な結果ではあるよね。

でも……なんかおかしいんだよ。

だってさ。

勝ったはずの選手が怪我《けが》してるんだもの。

手の股がざっくり裂けて、蟹《かに》の爪みたいになってるんだもの。

いや、絶対に有り得ないアクシデントではないんだよ。古傷が再発したとか、凶器で負傷したとか、「肉を切らせて骨を断つ」的な勝ち方をする場合もあるしね。だから、その一度きりだったら、そこまで気にも留めなかったと思うんだけど。

お、正解。さすがは記者だねえ。

俺、前にもまるでおなじ場面を何度か見た記憶があったのよ。

勝った選手が負傷退場しちゃってさ。あの、いぶし銀の選手が負けてさ。

変でしょ。まるっとシチュエーションが一緒だなんて有り得ないでしょ。

だから俺、データベースを調べてみたのよ。うん、そうそう。これ自分で作ったの。

戦歴とか勝敗を記録してるの。そしたらもうビンゴよ、大当たりよ。

二十二人。

そのいぶし銀選手と闘ったあと、二十二人が怪我で欠場か廃業してるんだよ。

なかにはチェックし忘れた試合もあるからね。それを入れれば、もっと増えるかもしれないけど。でも、どっちにしたって尋常な数じゃないでしょ。

だからあの人、絶対なにか秘密があると思うんだよなあ。

いや、やっぱりプロレスって奥が深いよ。これだからファンはやめられないんだよ。

え、俺のデータベース？　いや、そりゃ貸すのは構わないけどさ……ねえ、おたく、本当はなにを知りたがってるの？

なんだか……厭《いや》な予感がするんだけど。

第一話

造花《イミテーション》

1

むきだしになった俺の尻を見て、観客が一斉に笑った。

マットから立ちあがり、ことさらコミカルな動きでショートタイツを穿《は》きなおす。すかさず客席から「藤戸《ふじと》ぉ、歳《とし》のわりに綺麗《きれい》なケツじゃねえか！」と下品な野次が飛び、再び場内が沸いた。

トシのわりに――か。ありがたくない賞賛に思わず苦笑する。

たしかに自分は今年で五十手前のロートルレスラーだ。けれども、体力や技術は若いころと比べても遜色がないと自負している。髪こそすっかり銀色になっているものの、肌艶も筋肉の張りも悪くないはずだ。だとすれば、いまの野次も卑屈に捉えず素直に喜んでおくべきなのかもしれない。

じゃあ、お褒めの言葉にどう応えてやろうかねえ。

わずかに考えてから俺は声の方角へと向きなおり、あらわな怒りの表情を見せた。会場が、しん、となる。一秒、二秒――静寂に包まれたのを確かめてから、グラビアアイドルを真似《まね》たポーズでしなを作った。館内の緊張が一気に解け、笑い声が爆発した。

「ちょっとビビったじゃねえか、藤戸！」

「いいぞピューマ、もっかいケツ出せッ！」

歓声も嫌いではないが、今日のような地方都市でおこなわれる興行、それも休憩前のコミックマッチでは哄笑《こうしょう》のほうがありがたかった。場の空気がほぐれれば、メインイベントの声援も増える。この後のシリアスな展開が引き立つ。

俺も観客も団体も、全員が微笑《ほほえ》む幸福な空間——悪くない。

ただひとり、リング上で対峙《たいじ》しているマンモス・バートンだけは、にこりともしていなかった。いましがた俺のタイツをずり下げた対戦相手。来日中のアメリカ人選手。リングネームに恥じぬ二メートルを超える巨漢にして、今日の〈清掃物件《ダスト》〉。その髭面《ひげづら》には戸惑いの色が浮かんでいる。消化試合と呑気《のんき》に構えていたアテがすっかりと外れたのだから、まあ当然なのだが。

冒頭は、手四つで組みあっての力くらべだった。

その後に腕の〈取った取られた〉をひととおりこなしてから、バートンがバックドロップを狙って背中を奪い、隙をついてこちらがヘッドロックをかます。田舎でさえ社交辞令的な拍手しか起こらない、きわめて凡庸な序盤戦。教科書なら冒頭の数ページに記されているような、セオリーに則ったルーティンワーク。

空気が変わったのは試合開始から五分すぎ、俺が再び寝技の応酬に持ちこんだ直後だった。本来であれば派手な技をひとつふたつ披露して、軽いどよめきが起こる時間帯だ。ようやく温まった会場を地味なグラウンドの攻防で白けさせる必要などない。

にもかかわらず、俺はヤツをマットに転がした。立ちあがろうとしても耳を捻《ひね》って再び寝かせ、鎖骨のくぼみに指を引っかけて起きあがることを許さなかった。バートンはさぞかし困惑したことだろう。なにせ、客からは俺を体重で圧殺しているようにしか見えないのだから、むやみに痛がるわけにもいかないのだ。

やがて、鈍い脳味噌《のうみそ》でようやく膠着《こうちゃく》の意味を悟った巨人は、身体《からだ》をよじらせ懸命の脱出を試みはじめた。制裁、懲罰、私刑。なぜだ、俺がなにをしたと言うんだ。誰の恨みを買ったんだ。足りないオツムの中で、疑問と不安と混乱がバトルロイヤルを繰り広げているはずだ。

おい、動揺を客に気づかれるんじゃねェぞ——まなざしで、木偶《でく》の坊《ぼう》に警告する。お前は怖いもの知らずの怪獣、俺はそれに立ち向かう老いたドン・キホーテなんだ。リングの嘘《うそ》は、最後まで貫きとおすのがプロじゃねェか。

むろん、狼狽《ろうばい》するバートンにそんな警告を察する余裕などない。そこで俺は流れを変えるため、わざとヤツの手がタイツにかかるよう仕向けた——その結果が、いましがたの大爆笑。ドン・キホーテの面目躍如というわけだ。

「な、なあ、ミスター・ピューマ。悪気はなかったんだ。あんたが妙なムーブをするもんだから、つい手が滑ってタイツに……」

がっぷりと組みつきながら、バートンが小声で囁《ささや》く。弁解に答えず、俺はちいさく舌打ちをした。この間抜けが――ホールクラスの大箱ならともかく、ロープから手を伸ばせば最前列に届くような狭い会場で言い訳をする馬鹿がいるか。客に聞かれたら誤解されかねないだろうが。

苛立《いらだ》ちにまかせ、爪先でみぞおちを二度三度と蹴りあげた。はずみで呼吸が乱れ、激しく咳《せ》きこむ。その場を取り繕おうと、うずくまるバートンの頭をすかさずフェイスロックに捕らえ、なんとか誤魔化《ごまか》した。

前言撤回、やはり若い時分とはスタミナが違う。少しでも感情が先走ってしまうとペースが崩れ、一気に疲労が襲ってくる。

年齢をひしと嚙《か》みしめながら、腕のなかで呻《うめ》く巨象をさらに絞りあげる。さぞかし痛かろう。顔面を締めあげつつ、橈骨《とうこつ》で頬を思いきり抉《えぐ》っているのだから。おまけに手首を絶えず動かしているとあっては、歯茎も口腔《こうくう》もズタズタに違いない。Tボーンステーキはしばらくお預け、しばらくスープ以外を口にできないはずだ。

「ま、肉抜きでも問題ねェか。マンモスってなァ草食だもんな」

客が飽きはじめた空気を感じとり、フェイスロックをほどく。

よろけるバートンの腕をつかんでロープへ振ると、大男は腰を落として踏んばり、俺を振りかえそうと試みた。ちらりと見遣《みや》った顔は緩んでいる。ようやく通常の試合展開になったと安堵《あんど》したらしい。

「ヘッ、コッからが本番さ」

つぶやきが相手の耳に届いたかはわからない。聞こえていたとしても、その意味を考える余裕などなかったはずだ。ロープへ振られての離れぎわ、俺はヤツの小指をとっさに握って思いきり捻り、関節を引き抜いた。ワインのコルクが開いたときのような心地よい感触が掌《てのひら》に伝わった直後、バートンが苦痛に顔を歪《ゆが》めて絶叫した。

「単なる脱臼だよ。あんまり騒ぐなィ」

投げ飛ばされた勢いのままロープに身を預け、反動を利用して突進する。ぶつかったと同時にバートンが再び悶絶《もんぜつ》した。単純なショルダータックルに見せかけて、脱臼した小指に肘を打ちつけているのだから無理もない。もう一度ロープに向かって走り、丸太のような身体に思いきりぶつかる。バートンが泣きそうな顔で歯を食いしばった。

「まだまだッ」

力負けしたように仰々しくよろけてから、再びロープへダッシュする。激突、苦悶、また激突——声援がどんどん高まっていく。作戦成功だ。観客は、巨体に圧《お》されても諦めない初老レスラーの奮闘と信じこんでいる。

六度目のタックルでバートンがたまらずその場に倒れこんだ。歓声がひときわ大きくなった。髭面の巨象は驚くべき速さで這《は》いずって逃げ、レフェリーの裾を摑《つか》んでなにごとかを喚《わめ》いている。おおかた過剰な攻撃を非難しているのだろう。あきらかに戦闘意欲はゼロ、このまま攻め続ければ試合を放棄しかねない。ここいらが潮時か。

とはいえ俺が勝利するわけにはいかなかった。こんな老いぼれに星を取られたのでは、安くない銭で海の向こうから連れてきた商品の価値が下がってしまう。

負けて、壊す──それが俺の仕事だ。

「よっしゃ、キメるぞおッ」

絶叫してからコーナーポストに登り、じっくり時間をかけて見得を切った。数人の観客がパイプ椅子から腰を浮かせ、こちらを注視している。横目でちらりとバートンの様子をたしかめると、すでに起立してこちらを見据えていた。やや落ち着きを取り戻している。あの様子なら、ケリをつけても問題なさそうだ。

「そんじゃ、仕上げるか」

フライング・ボディアタックを敢行しようと、俺はコーナーポストから両手を広げ高く飛んだ。しかし、宙に舞った身体はマットへ辿《たど》り着くことなく、バートンに受け止められてしまった。攻撃失敗を悟り、悲愴《ひそう》な声が客席から漏れる。

なるほど、横倒しに抱えたということはオクラホマ・スタンピードか。自身の体重でプレスする荒技、腕力しか取り柄のない猛獣にはもってこいのフィニッシュホールドだ。相手の後方に体重を移動させれば脱出は可能だが、今回ばかりは受ける以外に選択肢はない。そうでなくては〈掃除《クリーニング》〉ができない。

予想どおり、バートンは俺を両腕で抱いたままジャンプすると、おのれの全体重を浴びせるようにマットへ叩《たた》きつけた。百二十キロを超える肉塊に押し潰され、肋骨《ろっこつ》が軋《きし》む。呼吸が止まりそうになるのを堪《こら》えながら、必死でバートンの人さし指を探しあて、強く握った。

「ワン！　ツー！」

レフェリーが腹ばいでマットを叩く。

スリーの声を聞く直前、俺は親指の腹を使ってヤツの爪を一気に反りあげた。牡蠣殻《かきがら》を剝《む》いたときそっくりの、爪が肉から離れる手ごたえ。俺の十八番、〈ワイン&オイスター〉。獣の咆哮《ほうこう》を思わせる絶叫は、歓声と勝利を告げるゴングにかき消されていた。

レフェリーに血まみれの手を挙げられたバートンが、勝者とは思えぬ不安げな視線を大の字の敗者へ送る。俺は天井を見つめたまま、ひとりごとよろしく口を開いた。

「これに懲りたら、あまり法外なギャラなんか要求しなさんなよ。金で揉《も》めて雇い主に手をあげるなんざもってのほかだ。次にやらかしたら……」

今度ァ、目をもらうぜ。

日本語はわからずとも意味するところは察したのだろう。バートンが無言で頷《うなず》く。それを見届けるや、転がるようにしてリングをおりた。

花道に群がる客が背中を叩く。振動であばらが痛む。試合中に空足《からあし》を踏んだらしく、足首もずきずきと疼《うず》いていた。その場にうずくまりたい衝動を抑え、歩みを進める。

「トシのわりに……か」

出口へ誘導する練習生を手ではらい、シャワールームへ向かった。

2

呻きつつ、三十分ほどかけて汗を流す。よろめきながら脱衣所まで戻ると、石倉平蔵《いしくらへいぞう》が封筒を手に立っていた。顔のあちこちに湿布や絆創膏《ばんそうこう》を貼りつけているおかげで、禿《は》げあがったまん丸の面がいっそう巨大に見える。

「おい、ジジイの裸を鑑賞するのが趣味たァ、ずいぶん気色悪《わり》ィ野郎だな」

軽口を叩きつつ、自然な動作をよそおって壁にもたれ、足首をかばう。三十年来の腐れ縁だからこそ、弱っている姿など見られたくなかった。

気がつかなかったのか、それともとっくに悟っているのか。石倉はこちらを一瞥《いちべつ》もせずに、太鼓腹を揺すりながら笑っている。

「おっさんのヌード見に来たんとちゃうわ。弱小団体へお越しいただいた大ベテラン、ピューマ藤戸様に敬意を表して代表取締役みずから挨拶に訪れたんやないか」

「なァに言ってやがる。お前《め》ェだって俺と同期の大々ベテラン様だろうが」

「アホ、ワシの引退から何年経《た》ったと思ってんねん。しかしまあ、早々と身を引いて正解やったわ。オマエみたいに風来坊で生き抜く根性なんてないからな」

「風来坊たァまた古い言葉だね。最近はフリーランスって呼ぶんだぜ。おぼえときな、弱小団体の大社長さんよ」

「へっ、新しい横文字はガイジンの名前だけで腹いっぱいやっちゅうねん」

鼻で笑いながら、石倉がバスタオルを放ってよこした。礼も言わず宙で受け取り、腰に巻く。

「ガイジンって言やァ、あのデカブツはどうしたい」

「しばらくバックヤードで〝治療費をよこせ〟て喚いとったけどな。〝ほんなら指が治ったら再戦しよか〟言うたら、ロッカールームへ逃げてったわ」

今度は、俺が声をあげて笑う番だった。

「そらァ傑作だ。まあ、ヘビー級の大男に食らわされたならともかく、こんなオイボレにブチのめされたなんて、誰にも泣きつけねェやな」

「おかげで溜飲《りゅういん》が下がったわ。これであいつが素直に残りの巡業をこなしてくれたら、こっちも殴られた甲斐《かい》があるっちゅうもんや。ほんま、おおきに」

目尻の湿布をひと撫《な》でしてから、石倉が封筒を差しだした。

ふと、薄さに気づいて封筒を逆さに振る。一万円札が二枚、ひらひらと脱衣所の床に落ちた。

「おい、試合のギャラしか入ってねェぞ。〈掃除〉のぶんはどうしたい」

「いや……その、ウチも最近ますます厳しくてなあ。せやから、今回だけはその額でなんとか……」

手を合わせる石倉のもとへ歩み寄り、無言で唇の絆創膏を引き剝がす。

「いででっ。なにすんねんッ」

「それはこっちの台詞《せりふ》だよ。おい、趣味や道楽でこんな田舎の体育館まで足を運んだんじゃねェぞ。お前ェの依頼どおり、あのガイジンにきっちり灸《きゅう》を据えたんだ。指一本と爪一枚、それぞれ十万で合わせて二十万。これでも昔のよしみで大負けに負けてやってんだ。耳ィ揃《そろ》えて払って貰《もら》うぜ」

「そない言われても、今日かてチケットが半分も売れてないねん。物販《グッズ》でトントンになるかどうかっちゅう按配《あんばい》なんや。な、な、頼むわ」

石倉は拝み倒す格好を崩さない。丸い顔が合掌している様子はさながら地蔵のようで思わず吹きだしそうになる。その時点で俺はすっかり〈掃除代〉を諦めていた。客入りを見るかぎり、いまの言葉に嘘はない。

旧友の石倉が代表を務める《大和《やまと》プロレスリング》は、国内にあるプロレス団体では三番目の規模を誇る老舗だ──などと言えば聞こえはいいが、近年この業界は若いスター選手を数多く輩出している《ネオ・ジパング》のひとり勝ちが続いており、二位から下は順位などあってないようなものだった。特に、大和プロレスは中途半端に歴史が長いぶん古株も多く、選手の新陳代謝が滞っている。おかげで若い客層の取りこみが上手《うま》くいかず、最近は業界二位の《XXW》に動員で大きく水をあけられていた。そんな現状を打破すべく、石倉は起死回生の手段として、そこそこ知名度のある外国人選手のマンモスを招聘《しょうへい》したらしい。

ところが結果はご覧のありさま、ごね倒されて振りまわされたあげく、怪我を負う羽目になってしまったというわけだ。マンモス自身は報酬にいたく不満のようだが、渡航費や滞在費も含めれば団体の出費はけっこうな金額になる。この後に大会がいくつあるのかは知らないが、ヤツに費やしたぶんを回収するのは至難の業だろう。そんな状況で強引にかっぱいでしまえば、経営が傾きかねなかった。

「……しょうがねェなあ」

ため息を吐《つ》くなり、回収断念を察した石倉が顔をほころばせる。現役時代から濃い関西弁と調子のいい性格は、まるで変わっていない。

「ほ、ほんなら今回は二万でオッケーっちゅうことか。いや、助かるわあ」

「早合点すんない。今日のところは、お前ェの手持ちで勘弁してやらァ。この貸しは高くつくぜ。ほれ、さっさとよこせ」

手を突きだし、無言で睨《にら》みつける。石倉はしばらく躊躇《ちゅうちょ》していたが、やがて覚悟を決めたのか背広の内ポケットから財布を取りだし、ありったけの紙幣をこちらの胸に押しつけた。

「ッたく、あいかわらず大ベテラン様は金にがめついわ」

「ルールに厳格だと言っちゃくんねェかい。俺ァ、青二才の時分からクリーンファイトが信条なんだ」

「はっ、どこがやねん。若いころからレフェリーの目を盗んでは小細工を仕掛ける、小《こ》狡《ずる》い技巧派だったやないか。同期はみんな閉口しとったわ。特に鷹沢《たかざわ》はいつも……」

石倉が「しまった」という顔で口をつぐむ。俺は聞こえないふりをして腰のバスタオルをほどくと、乱暴に髪を拭いた。

「なあ、藤戸……もっぺん、まっすぐなファイトをする気はないんか。そのほうが、鷹沢かて喜ぶ思うで」

「それ以上喋《しゃべ》るな」という抗議の意味をこめて、いっそう荒っぽくバスタオルを動かす。かまわずに石倉は言葉を続けた。

「今日の試合を袖から見とったけど、端々にあのころのピューマ藤戸が残っとったわ。ベルト争いにギラギラしとった、当時の動きそのままやった。〝なんや、まだ全然やれるやないか〟て、嬉《うれ》しくなったわ」

「そらァ、お前ェの目ん玉が耄碌《もうろく》したんだろ。今日リングに立ってたのは、単なるにぎやかし要員の爺《じい》さまさ」

身体を雑に拭いて、シャツに袖をとおす。帰るという無言の合図。石倉は諦めない。

「オマエ、そろそろウチに所属してみいひんか。そら、吹けば飛ぶよな弱小やけど、最後の花道くらい用意できるで。いいかげん、こんな裏稼業は」

「お疲れさん。今度は、銭ィ用意してから呼んでくれ」

愛用のハンチングを被《かぶ》ると、俺は脱衣所の出口に向かった。

「どうせ今日も駅まで歩きなんやろ。あと三十分もすれば大会も終わる。ワシの車で一緒に都内まで戻ってから、一杯つきおうてくれや」

すがるような声に振りかえらず、手をひらひらと動かして誘いを断る。なぜか、身体が思いのほか寒かった。

きっと裸で長話をした所為《せい》だ——そうに決まっている。

3

メインイベントに沸く体育館をこっそりと脱けだし、夕暮れの道を歩く。

地方興行の際は、最寄り駅まで徒歩で行き来するのが常だった。会場が駅から遠い場合は団体のマイクロバスに乗せてもらうこともあるが、そんなときでも狸寝入《たぬきねい》りを決めこむことにしていた。いつ、どの選手が俺の〈清掃物件〉になるかわからないからだ。

性根のいいヤツでも、幹が腐って枝が枯れれば躊躇なく切り倒さなくてはいけない。いずれ来るその日を思えば、余計な交流はしないにかぎる。そんなわけで、俺はいつものようにひとりで帰路を闊歩《かっぽ》していた。なに、駅までは一時間半ほどの距離、運動にはちょうどいい。

ただ、この日はすこしばかり誤算があった。帰りの道が長い登り坂だったのだ。会場へ向かうときはあまり意識していなかったが、予想より勾配がきつかったらしい。まもなく先ほどの試合でやらかした足首が腫れはじめ、ほどなく一歩ごとに顔をしかめるほどの激痛になった。肋骨にヒビでも入っているのか、呼吸もやけに辛《つら》い。十五分ほど歩いたあたりで、とうとう俺は立ち止まってしまった。

車道と歩道を隔てる縁石に腰を下ろし、肩で息を吐く。うつむいている傍らを、自転車に乗った主婦や犬連れの老人が次々に通りすぎていった。昔なら一般人の姿をみとめた途端、「プロレスラーが弱い姿なんざ見せられるか」と意地で立ちあがったものだが、そんな余裕はすでに持ちあわせていなかった。第一、いまの自分を見てレスラーだと思う人間などいるはずがない。

だから——突然「試合、見ました」と呼びかけられた瞬間、俺はそれが自分への言葉だとはとっさに気がつかなかった。

声のありかを探して首をめぐらせると、背後に女が立っていた。

顔立ちから察するに、年のころは二十代前半といったところだろうか。淡い色のブラウスが、白い肌とくっきりした目鼻によく似合っている。少年のような短い黒髪も若々しさに拍車をかけていた。

「あの……ピューマ藤戸さんですよね。さっきの試合、見ました」

ようやく俺は、いましがたの台詞を理解した。

なんと答えてよいものか——混乱のすえ「大会は、終わったのかい」と、まるで見当はずれの言葉を投げる。

「あ、ええと、メインイベントはまだ続いてるかも。私、藤戸さんに会いたくて途中で出てきちゃったから」

「はあ……ってこたァ、お嬢ちゃんは」

「アキナです」

「そ、そうかい。で、あんたァ俺がめあてで、あの会場にきたと」

アキナと名乗った女性が、こっくりと頷く。

「でも、試合が終わってからどうすれば会えるかわからなくて、館内をウロウロしていたら、禿頭の太ったおじさんが控室のほうから出てきたんです。その人に〝藤戸は帰ったで、今ならまだ追いつけるかもわからんな〟って言われて。それで……」

「ああ、そいつァ石倉ポン蔵って名前の、生娘を捕まえてはジャイアント・スイングで振りまわそうとするド変態だ。今度会ったらすぐに逃げたほうがいいぜ」

俺の冗談に困ったような笑みを浮かべてから、アキナは「実は、プレゼントがあるんですけど」と、肘に掛けている大きな紙袋をまさぐった。

「プレゼント……かい」

「受付に預ければよかったんでしょうけど、持ち帰ってきちゃったんです。この場でお渡ししても、ご迷惑じゃないですか」

「そいつァ……なんだかすまねェな」

狼狽して頭を下げたものの、俺はアキナの言葉を信じていなかった。

会場に居たのは本当かもしれないが、プレゼントとやらは他の選手への品だろう。渡すタイミングを失い、困っていた最中にアホの石倉が彼女を見かけ、からかい半分で俺を追いかけるよう促した――そうとでも考えなければ理屈が合わない。

いぶし銀の選手を好むファンは、観戦歴の長い古参連中がほとんどだ。ノスタルジー込みで試合を楽しみ、くたびれきった己の人生に老兵の奮闘を重ねる。それが連中の楽しみ方。つまり、アキナのような若い娘が、前座をうろつくロートルを好むわけがないのだ。未来が希望に満ちあふれている人間は、未来へ進む闘士しか目に入らない。たぶん、一連の発言は急ごしらえの嘘なのだろう。優しい子なのだろう。

ま、とっさの方便にしては上出来だ。ここはひとつ乗っかってやるか。

「そんじゃ、遠慮なくいただくとするよ。ありがとう」

礼を言うなり、アキナは紙袋から花束を取りだすとこちらへ突きだした。赤や黄色の花がセロファンに包まれ、リボンで飾られている。

瞬間、俺は自分の考えが間違いだったことを悟った。

この花は、間違いなく自分宛てだ。

香りがない。艶がない。

差しだされたブーケは、一本残らずプラスチック製の造花だった。イミテーション・フラワー。鮮やかな偽物。華やかな嘘。

つまり――プロレスラー。

これは〈掃除屋《クリーナー》〉への依頼状だ。

「選手を始末してほしい」という、依頼の合図だ。

4

「……残念ながら〈掃除屋〉なんてのは単なる噂《うわさ》だ。お嬢ちゃんたちの世代なら、都市伝説とでも言うのかね」

「お嬢ちゃんじゃありません、アキナです」

「こんな戯言《ざれごと》を信じてるんだ。あんたァ、まだおぼこ娘の嬢ちゃんだよ」

ひなびた駅前の広場に据えられたベンチで、俺とアキナは横並びに腰掛けていた。俺の脇には、貰ったばかりの造花が無造作に置かれている。

やはりアキナは俺に〈掃除〉を頼むつもりだった。なんでも実の兄から「プロレス界には〈掃除屋〉が存在するんだ」と聞かされていたらしい。

「掃除屋は、無法者のレスラーを再起不能にする始末人で、造花を渡すのが依頼の合図なんだ……兄はそう教えてくれたんです」

「へえ、そいつァ凄《すご》いねェお嬢ちゃん」

「それで私、その人を見つけようと花束を持っていろんな団体の興行に行ったんです。そしたら今日、あなたが大きな外国人をこっそり痛めつけるのを見て、〝絶対にこの人だ〃ってピンときて……」

「ふうん、そらビックリだなァお嬢ちゃん」

「ね、掃除屋さんですよね。ピューマ藤戸は、掃除屋さんなんですよね」

「はいはい。よかったなァお嬢ちゃん」

「真面目に聞いてくださいッ。お嬢ちゃんお嬢ちゃんって子供あつかいして……これでも二十歳過ぎなんですッ」

すげない反応にアキナが声を荒らげたものの、俺はつまらなそうな表情を崩さなかった──実のところは、彼女が摑んだ情報の正確さに少しばかり驚いていたのだが。

細かな間違いはあるものの、アキナが兄から聞いた内容はおおむね正しかった。もしや業界関係者なのだろうか。とはいえ素直に「そのとおり、俺こそが掃除屋だ」などと言うはずもない。裏稼業が光の射《さ》す場所へ顔を見せるなんざ反則のきわみだ。日なたで生きようとする馬鹿なモグラの最期は、野垂れ死にと相場が決まっている。

さて、どのように説得してお帰り願おうか。痛む足をそっと摩《さす》りながら、考える。

「……よし、お嬢ちゃんよ。今日は特別にプロレス教室を開いてやろう」

唐突な申し出に、アキナが空の紙袋を盾よろしく顔の前へ構えた。ドロップキックでも食らうと思ったらしい。

「安心しな、お前ェさんに技かけようってわけじゃねェ。掃除屋なんて者が居ねェ理由を教えようってェだけだ。さて……そもそもプロレスってなァ、なんだい」

虚をつかれたのか、アキナが目を丸くする。

「えっ……ええと、四角いリングの上で闘う競技ですかね。両肩をつけてカウントを三つ取るか、ギブアップで勝敗が決まる……」

「まァ、厳密にはリングアウトだのトップロープ越えだの勝ち負けはいろいろあるが、おおむね正解だ。大の男が生身で殴ったり蹴ったり投げ飛ばしたり投げ飛ばされたりしながら、真剣勝負をする。それがプロレスだ」

「しんけん、しょうぶ」

「おうよ。善玉だ悪玉だのといった、一見《いちげん》さんが理解するためのキャラクター付けはあるが、事情通を気取った連中や小銭めあてのゴロツキがのたまっているような、台本だの筋書きだのは存在しねェのさ。俺らはいつでも真剣勝負よ。だがな、真剣だからって嘘がないとはかぎらねェ」

「……意味が、わかりません」

「例えば、俺が勝つためにナイフを持ってきて、対戦相手をことごとく刺しまくったらどうなるね」

「そんなの捕まりますよ。て言うか、そんなことしてたら、最後はみんな死んじゃうじゃないですか。試合になりません。大会が成立しません」

返事の代わりに唇だけで笑う。なかなか賢《さか》しい子だ。

「そう、大会にならねェ。興行が打てねェ。それじゃ本末転倒だ。そこで俺らは〈信頼〉するのさ。自分の技量を信じ、相手の肉体を信じて、怪我を負わねェぎりぎりのダメージを与える。俺が言った嘘たァ、そういう意味だ。相手をブッ倒すために闘うくせに、相手を家族以上に信頼している……リングの上には矛盾した事実、真剣な嘘しかねェのさ」

アキナが「はあ」と惚《とぼ》けた声を漏らす。この話の着地点が読めず、混乱しているに違いない。

「さて……そんな信頼が要の世界で、もしも故意に怪我をさせようなんて不心得者がいたとすりゃあ、どうなるね」

「……怒られる、とか」

「そんな生易しいもんじゃねェ。そいつァ絶対に試合中、仲間から制裁を受ける。もっとも、それは行儀の悪い犬を躾《しつ》ける〈お仕置き〉みてェなもんだ。相手が腹を見せてキャンと鳴きゃあ、それでおしまいよ。しばらくロッカールームの隅でこそこそと着替える羽目になるだけだ。だが……怖いなァ、そのあとさ」

俺は首筋に人さし指をあてて、真横に引いた。

「干されるんだよ。団体に籍を置いてるヤツなら待遇があからさまに悪くなる。フリーランスの選手なんざもっと悲惨だ、依頼がゼロになっちまう。リングに呼ばれねェレスラーに存在価値はねェ。つまりは、試合に勝って人生に負けるのさ。だから、あんたの兄さんが言ったような〈掃除屋〉なんてものは必要ねェんだよ。きちんと内輪でカタがつくんだ」

「でも……私は、プロレスに詳しい兄が嘘をつくとは思えません」

「ふむ。やっぱりお嬢ちゃんの兄貴って人ァ、業界の人間らしいなァ」

答えまいとするように、アキナが唇を固く結ぶ。

推理は当たったようだ。

「だったら答えはひとつ……兄ちゃんも嘘つきの仲間なんだよ」

「そんなことないッ。兄はいつでも正直で誠実で、間違ったことが許せない性格の人間なんです」

小娘の憤りを意に介さず、俺はこっそりと足首を前後に動かして痛みをたしかめる。ようやく腫れがすこし引いた。これなら歩けるだろう。

「そもそも、お嬢ちゃんはどうして掃除屋なんか探してるんだい。そんなに許せねェレスラーが居るってェのかい」

「それは……」

「おおかた、あんたは誰かの熱烈なファンなんだろ。で、そいつが抗争している敵方の選手をなんとか懲らしめたいと思い、嘘つき兄貴の妄言を鵜呑《うの》みにしたってわけだ」

「そんな軽い理由じゃないです。それに兄は嘘つきなんかじゃ……」

「御託を聞く気ァねェよ。ま、そんなわけで花は受け取れねェ。せいぜいがんばって本物の〈掃除屋〉とやらに渡すんだな」

もし居れば、の話だけどよ。

ベンチから立ちあがると、俺はアキナに一瞥もくれず改札へ歩きだした。妙な娘だったが、これで懲りたはずだ——そのときは、そう思っていた。

5

「……また、来てやがる」

体育館の隅に見慣れたショートカットを見つけ、俺はため息を吐いた。

どうやら小娘はずいぶんと諦めの悪い性分らしい。あの日以降、アキナは団体や場所を問わず、俺が出場する興行へ姿を見せていた。今日でもう一ヶ月にもなる。

幸か不幸か、どれもコミカルなベテラン枠の出番ばかりだったため〈掃除〉を見られまいと気づかう必要はなかった。とはいえ試合がやりにくい事実に変わりはない。絶えず客席を気にしてしまい、おかげで集中力が途切れる。田舎の体育館でその顔を見つけたときなど、呆気《あっけ》に取られた所為で危うくヤンキーマスクなる三流マスクマンから、フォールを奪いそうになったほどだ。

不味《まず》いな、このままじゃ調子が狂って大ポカをしかねない。十五年以上更新してきた〈連敗記録〉に傷がつく。

なんとかしなくては——意を決した俺は試合を終えるやアキナのもとへ歩み寄り、無言でその袖を引いて人気《ひとけ》のない裏手へと連れ出した。

「このストーカー女が、いい加減にしろいッ」

華奢《きやしゃ》な肩を壁に押しつけ、ことさら低い声で凄む。

「こないだから俺の周りをうろちょろしやがって。なんのつもりだ」

「わ、私はただ〈掃除屋〉を探しているだけで……」

「ほう、たまたま被ったってのかい。俺を追ってるわけじゃねェってのかい。おい、俺をよぼよぼのガラクタだと思って舐《な》めちゃいねェか。その気になりゃこの場で服をむしり取ってやるくらいの腕力はあるんだぜ。腐ってもレスラーだ、寝技ならお手のものなんだよッ」

なんだい藤戸、その下手な台詞は。それでもプロかよ——。

自分の演技力のなさに呆《あき》れながらも、俺は憤怒の形相を崩さぬよう懸命に堪えた。自分が恥をかくだけでこの子が諦めるなら安いものだ。興味本位で、素人が覗《のぞ》くべき世界じゃない。

嘆きとは裏腹に、大根役者の恫喝《どうかつ》はことのほか効いたらしい。アキナはあっというまに両の目へ涙を溢《あふ》れさせると、その場で嗚咽《おえつ》しはじめた。こちらが想定していた以上の反応に、いささか戸惑う。

「……お、思い知ったかい。これに懲りてもう二度と」

「レスラーってみんな、そうなんですか」

「え」

「プロレスラーって、女性にひどいことをするのが決まりなんですか」

「そいつァ、どういうこった。おい、落ち着け。泣くな、泣くなってばよ」

二流の演技を放りだし、俺は必死にしゃくりあげる彼女を慰め続けた。

アキナは——レスラーに乱暴されていた。

反吐《へど》が出るような蛮行は、五ヶ月ほど前に起こったらしい。関東の地方都市でおこなわれた興行の帰り道、彼女は知人レスラーの運転する車にたまたま遭遇したのだという。強引な誘いに応じて乗りこんだ車は、目的の駅前に向かわなかった。気がついたときにはすでに山中で逃げることもできず、そして、彼女は——

「その団体……私の兄がちょっと関わっていたので、頻繁に会場へ遊びに行っていて。

それで、その選手ともすこしだけ顔見知りで……」

「なるほど、それで掃除屋を探してるってェわけかい」

それ以上詳しくは聞かなかった。聞きたくなかった。

「なァ、悪いこたァ言わねえ。復讐なんざ考えずに、警察に駆けこむなり団体に怒鳴りこむなりしちまいな」

「……あの人、私を襲ったときに写真や動画を撮ってて。もし誰かに話したら、それを拡散させるって」

思わず舌打ちをした。証拠を記録し、それを脅迫材料に泣き寝入りさせる――クズの考えそうなことだ。

他の職業と同様、レスラーにも下衆《げす》な輩《やから》は存在する。人気に慢心し、すり寄ってきたファンを虫けら同然に扱い、あまつさえそれを武勇伝として自慢する馬鹿もいないわけではない。だが今回の件はとりわけ悪質だ。ファンでもない人間を力ずくで犯し、脅しているのだから。

「私……何度も死のうとしました。けれども兄の悲しむ顔を想像したら、どうしてもできなくて」

「言うな。もう喋るな」

堪《たま》らずにアキナの言葉を遮った。どうにもじっとしていられず、体育館の壁を殴る。

試合の何倍も、拳が痛かった。

「……わかったよ。片づけてやらァ」

両手で顔を覆っていたアキナが、おもてをあげる。

「じゃあ、やっぱりあなたが……」

言葉を遮り、俺は彼女の目の前へ人さし指を立てた。

「一本……つまり百万円だ。ビタ一文負からねェ。何年かかろうが払う気があるなら、〈掃除〉してやる」

「ひゃく、まん……そんな大金」

「当たり前ェだ。どんなゴミ野郎だろうが、リングを死に場所と決めている人間からその権利を奪うんだ。背負うものの重さに見合った対価をもらうなァ当然だ。いいか、お前ェさんは他人の未来を買うんだよ。だから死ぬ気で払ってもらうんだ。その覚悟がねェなら……忘れちまいな」

どうか諦めてくれ——険しい表情を崩さず、心の奥でひたすら祈る。法外な値段に萎えてくれ。すべて忘れ、未来へ歩いてくれ。

祈りは届かなかった。長々と息を吸ってから、アキナが言う。

「忘れられません。覚悟は……できてます」

「やれやれ、交渉成立かい。じゃあ、手始めにお前ェを襲ったガラクタの名前と、所属団体を教えな」

6

翌日の昼過ぎ、俺は《XXW》のオフィスを訪ねた。

小綺麗なビルの玄関をくぐり、エレベーターに乗って七階へ昇る。ドアをくぐると、奥のデスクで書類とにらめっこをしている羽柴誠《はしばまこと》の顔が見えた。受付の女性事務員を手で制し、羽柴のもとへまっすぐ向かった。

「おう」

「ふっ、藤戸……さん」

俺をみとめるなり、顔面が蒼白《そうはく》に変わる。

「なんだ、そのしけたツラはよ。業界第二位の発展途上団体を背負って立つ社長さんなんだから、もっと愛想よくしとけや。ただでさえショッパい顔が、ますます貧相に見えるぜ」

「余計なお世話ですよ。おまけになんですか、発展途上団体って失礼な」

「伸びしろがあるって意味だろうが。そうカリカリしなさんなって」

いきり立つ羽柴をいなしながら、室内をぐるりと見まわす。けっして広くはないオフイスだが、このご時世に都心で事務所を構えているだけでも、褒められてしかるべきだろう。

デスク後方の壁には次週に開催を控えた興行のチラシが何枚も貼られている。選手の写真や大会名に混じって、いたるところにラメだらけの蝶《ちょう》と蛍光色の髑髏《どくろ》が描かれていた。自分が知るプロレスの広告とはあまりにかけ離れたデザインに面食らう。

すかさず羽柴が「藤戸さんのセンスじゃ理解不能でしょ」と鼻で笑った。図星だが、あいかわらず無礼な男だ。

羽柴は俺と石倉の四年後輩にあたる。かつては三人とも、現在飛ぶ鳥を落とす勢いの《ネオ・ジパング》に所属していたものの、紆余曲折《うよきょくせつ》のすえ全員が前後して退団。石倉は《大和プロレスリング》へ移籍したのち社長に就任し、俺はフリーランスの道を選んだ。そして、野心家の羽柴は新団体《XW》を旗揚げ、次々と斬新な試みを打ちだして、またたく間に業界二位の座まで登りつめた。本人は膝を痛めて三年前に引退したが、裏方にまわった現在も絶えず話題を提供している。最近は、若者向けスポーツブランドのジャージを練習着に採用したとニュースで取りあげられていた。

昔から目立ちたがり屋で、注目を集めることだけは上手い男なのだ。このチラシも、いかにも羽柴らしい小器用な戦略の一環なのだろう。

「それにしたって毒々しいチラシだなオイ。目が潰れそうだぜ」

チラシに目をしばたたかせる俺を、不躾《ぶしつけ》な後輩が鼻で笑う。

「フライヤーって言ってくださいよ、オヤジくさいなあ」

「なんだ、その揚げ物みてェな名前は。新しい横文字なんざガイジンの……」

「で、用件はなんですか。手短にお願いしますよ」

「おう、じゃあ単刀直入に言ってやらァ。来週の大会で試合させろや」

俺の言葉に羽柴が咳きこんだ。

「ちょっ、ちょっと待ってください。ウチは健全経営だし、選手だって品行方正だ。藤戸さんにタカられるような真似はしてないですよ」

「タカるってなァずいぶんと人聞きが悪ィねえ。こっちは、試合を組んでくれとしか言ってねェだろうに」

「ピューマ藤戸が出張ってきたってことは、そういうコトでしょうが」

「そういうコトだよこの野郎」

机に両手をついて顔を近づけ、凄む。

「詳しくは言えねェが、お前ェんとこの若衆がちぃッとばかりやらかしたらしくてな。そんで、俺が〈掃除〉を頼まれたってわけさ」

「……もし粗相をしたヤツがいるんなら、身内できっちり始末しときます。だから、今回は引いてもらえませんか」

「こっちも子供の遣いじゃねェんだ、〞はい、そうですか〞ってわけにゃいかねェよ。それに、お前ェんとこは俺に五年前の貸しがあるだろ。ほら、格闘技路線に色気だしたあげく、ブラジルの柔道かじったアンちゃんに好き放題やられてよ。あんとき俺に泣きついてきたもんで、そのアンちゃんをちぃッと痛めつけてやったじゃねェか」

「古い証文を……それに、あなたの〞ちぃッと〞は、足の指の骨をひとつ残らず折るレベルなんですか」

「全部じゃねェ。右足の親指と左足の薬指は折りそこねたんだ。親指ってなァ角度によっちゃ、折るのが面倒でな」

「そういう問題じゃないんですよッ、試合後に先方の道場と揉めて大変だったんですから」

「あのアホが〞絶対プロレスラーなんかに関節を取られない〞なんて豪語するのが悪ィんじゃねェか。足の指にも関節はあるってのに、警戒もしねェまま寝技かけにくるから、あんな目に遭うんだよ」

「とにかくッ」

羽柴が立ちあがり、顔を寄せる。

「次の大会は、スポーツブランドとコラボしての〈売り〉なんです。向こうに迷惑がかかると、せっかく持ちあがった提携を解消されかねない。それだけはなんとしても避けたいんです。そもそも俺の一存じゃなんともならんのです。〈売り〉の厄介さは、藤戸先輩も承知してるでしょうが」

顔を真っ赤にしながら抗弁する後輩を眺め、「まァな」と答えた。

俺が外国人のデカ助をぶちのめした大会は〈手打ち〉と呼ばれる形式の、いわゆる自主興行というヤツだ。団体自らがチケット販売から施設借用、ポスターなどの印刷まですべてを賄う。出費も多い代わりに、売り上げはすべて団体の収益となる。

いっぽう、羽柴の言う〈売り〉は、大会をまるごとスポンサーに買い取ってもらうタイプの興行だ。団体の負担がすくない反面、高く売りつけるためには魅力的なカードが必須で、おまけに契約上の縛りも多い。違反に金銭的なペナルティを科す場合もある。団体の都合で一方的にマッチメイクを変更できないのは、たしかに羽柴の言葉どおりだった。

「そうだよなあ、プロレスってなァ〈商売〉だもんなあ」

「え」

予想外の発言に虚をつかれ、羽柴が一瞬うろたえた。

「売り興行だもの、銭ィ払ってくれる人間は大切にしねェとなあ」

「い、いやいやいや、そうなんですよ。ご理解いただけましたか、先輩」

こちらが納得したと思ったのか、羽柴は態度を豹変《ひょうへん》させるや揉み手をせんばかりの勢いで微笑んだ。馬鹿な後輩を内心で嘲笑《あざわら》い、俺は何度も頷いてみせた。

「だよなあ、スポンサーの意向は大事だよなあ。スポンサーがイエスって言わねェとなあ。スポンサー第一だよなあ」

祝詞《のりと》よろしく繰りかえす言葉をようやく羽柴が訝《いぶか》しみはじめる。直後、合いの手を入れるように据えつけの電話機がけたたましく鳴った。

「はい、もしも……いっ、石倉さんっ。押忍《おす》ッ」

電話の主を知るなり、羽柴がその場で気をつけの姿勢を取る。俺には傲岸不遜に振るまうくせに、付き人を務めた石倉ともなると対応がずいぶん違うらしい。やはり腹が立つ男だ。

「ご、ご無沙汰してます……ええ、おかげさまでなんとか……はい、はい、えッ……いや、あの、まあ向こうさんが仰《おつしや》ってるのであれば……ええ、わかりました。押忍」

受話器を静かに下ろすと、殊勝な後輩が俺を睨みつけた。

「オスだのメスだの取りこみ中のところ、邪魔して悪ィな。で、誰からの電話だい」

「……わかってるくせに白々しいんだよ、あんたらはいつも！」

羽柴が拳で机を殴る。音に驚いた社員数名がこちらを見たものの、仁王のような形相の代表に気づくと、全員がそっと自分の机へ向きなおった。

「あんたも仲良しの大先輩、石倉さんさ。大会スポンサーの担当とは話をつけたって連絡でしたよ。先方もぜひ一度、ピューマ藤戸の試合が見てみたいんだとさ！」

「おお、そりゃあよかった。そういや石倉は、そのなんとかスポーツのお偉方とゴルフ仲間だとか言ってたもんなあ。まったく、あいつもそういうときに自分の団体を売りこんどきゃいいのによ。昔ッから頭のまわらねえヤツだ。ちったァお前ェを見習えってんだよ。なァ？」

「ベラベラと、まあ得意気に……俺だって、あんたほどのズル賢さは持ちあわせちゃいねえよッ！」

「そんじゃま、話はまとまったな。きっちり俺は俺の〈商売〉をさせて貰うぜ」

身体を震わせる羽柴の肩を叩いて、笑う。

「おっかねえ顔すんなって。すべて終わった後ァ、俺に感謝してるはずだからよ」

7

カクテルライトがリングを極彩色に染めると、ハードロックの轟音《ごうおん》が会場にこだました。モトクロスの自転車とダンサーに先導されながら、引き締まった体軀《たいく》の青年が花道を入ってくる。
対戦相手の葛城《かつらぎ》アキラ——来月でデビュー二年目を迎えるヤングボーイ。そして、今日の〈清掃物件〉。

「しかし、チラシ以上に目と耳が痛くなる入場だぜ」

半ば呆れながら、コーナーポストに寄りかかって葛城の到着を待つ。羽柴から聞いたところによれば、今日の試合は〈アキラ・試練の五番勝負〉の最終戦として無理やりカードを変更したらしい。

だとしたら、今回はちと厄介だな——ロープをくぐる若僧を睨みながら、内心で苦虫を嚙み潰す。

「何番勝負」と銘打たれた連戦は、基本的に若手育成を目的としている。ベテランやデスマッチの達人、超ヘビー級などおよそ勝ち目のない選手と闘わせることで奮起を促し、同時に観客へ「この選手は団体が将来を買っています。負けるかもしれませんが注目してください」と知らせるのだ。つまり、観客はいつも以上に絶えずリングを注視している。その熱い視線の中で〈掃除〉をおこなうのは容易ではない。

いっそ、勝っちまうか——ふと浮かんだ企《たくら》みを、慌てて打ち消す。

俺の信条は「負けて、壊す」だ。そいつを頑《かたく》なに守っているからこそ、悪目立ちすることなく業界の一部のみに存在を知られ、評価されている。「再起不能にして勝ち星を漁《あさ》った」などと噂が立てば、掃除屋どころか今後のレスラー人生にだって影響しかねない。

さて、どうやって負けようかねえ。

考えをまとめるより早くゴングが鳴り、同時に葛城がドロップキックを放った。

打点が高い。背筋を鍛えあげている証拠だ。感心しながら受け身を取って、体勢を立てなおす。葛城もすぐさま向かってきた。さっと腕を摑み、巻きこむように投げてから袈裟固《けさがた》めに移行する。葛城が脱ける。俺が追う。尻餅をついたまま独楽《こま》のように回転してバックを奪いあう。油断したすきに足首を極《き》められ、慌ててロープへと手を伸ばし、ブレイクした。

丁寧な試合運びに、思わず「ほう」と声が漏れる。葛城の動きは伝統的なチェーンレスリングを踏襲していた。それも型だけをトレースした〈ダンスごっこ〉ではない。気の遠くなるような時間を練習に費やした人間のみができるムーブだ。おまけに手の取り方や体重のかけ方にはアマレスや柔道のにおいが一切しない。ということはプロレスひとすじ、道場で地道に技術を培ったのだろう。

「いまどき純粋培養たァ、嬉しくなるね」

ほくそ笑む俺の腕を葛城が摑み、遠心力でロープへと投げる。〈コルク抜き〉をすべきかどうか一瞬ためらってから、俺は素直に飛ばされることにした。もうすこしだけ愉《たの》しんでも、バチはあたるまい。

返ってくる俺の胸板めがけて、葛城が逆水平チョップを打った。激しい音に客席がどよめく。腰の入ったいいチョップだ、衝撃で肩や腰まで痺《しび》れている。続けて二発目、三発、四発。胸を打たれるたび、俺は息を止めて筋肉を硬直させる。察した葛城が、五発目でタイミングを微妙にずらして手刀を打ちこんだ。フェイントに呼吸が止まり、前屈《まえかが》みで咳きこみそうになるのをすんでのところで踏みとどまった。

このまま受け続けていたら保《も》たない。流れを変えようと、俺は葛城の顔面めがけて唾を吐きかけた。場内から一斉にブーイングがあがる。

「おいボウズ、なんだそのへなちょこチョップは。本気で打ってみろッ」

挑発に、葛城の目尻が吊《つ》りあがる。大振りのフルスイングで六発目。俺はとっさにその腕へコアラよろしく飛びつき、自分ごと葛城をマットに転がした。

「ビクトル式だ！　腕ひしぎ逆十字固めだ！」

最前列のマニアとおぼしき客から解説じみた声があがる。心のなかで「ご名答」と呟《つぶや》いた。しっかり極まれば肘が伸びて壊れる危険な技だ。しかし転倒するまぎわ、葛城は両の手をがっちりホールドし、難を逃れていた。

瞬時に対応できるたァ——この兄ちゃん、本当に練習の虫なんだな。

腕輪を解こうと試みつつ、俺はひそかに首を傾《かし》げた。本当にコイツがアキナを犯し、脅したクズだというのか。むろん、試合巧者の悪党も職人肌のろくでなしも業界には存在する。リング上の振る舞いと、裏の顔を分けて考えるべきなのも承知している。だが、この男はなにかが違った。

まっすぐなのだ。自分の流してきた汗と涙を疑っていないのだ。リング上に真実があると信じているのだ。

自分の勘が、「こいつは違う」と告げている。

いったい、どういうこった。

登山の最中に見つけた珍しい高山植物でも観察するように、俺はまじまじと葛城を眺めた。精悍《せいかん》な顔立ち、日に焼けた肌。膨れた耳たぶは猛稽古の賜物《たまもの》だろう。盛りあがった僧帽筋、丸太のような上腕二頭筋、節くれだった指。

指。

「なるほど……そういうことかい」

腕ひしぎをほどいて立ちあがり、肩口へ何度もストンピングを落とす。関節の継ぎ目を蹴られた葛城が痛みにリングを転がり、場外にエスケープした。すかさずあとを追いながら客のひとりを軽く突き飛ばしてパイプ椅子を奪い、葛城の肩めがけて振りおろす。金属音と悲鳴。うずくまる葛城の髪をつかんでリングへ戻すと、俺はパイプ椅子を葛城の腕に挟んで踏みつけ、そのままテコの原理を応用して捻《ね》じあげた。

有り得ない角度に曲がった腕を見て、会場の絶叫がいちだんと高くなる。

「なにもかも……これで終わりだ、この野郎ォ！」

客へ聞こえるように叫んでから、椅子に向かって全体重を乗せてエルボーを落とす。背もたれ越しでも、関節の外れる感触がはっきりとわかった。

葛城が足をばたつかせリングをのたうちまわる。非常事態を察知したレフェリーが手振りでゴングを要請した。セコンドの若手が一気になだれこんできた直後、リングアナが俺の反則負けを告げた。

これでいい。観客は「実力でかなわないロートルがラフファイトに手を染めた」と思ったはずだ。星は譲り、こちらの格も上げない。仕事としちゃ及第点だろう。

脂汗を流して肩を押さえる勝者を横目に、リングをおりる。退場口をすぎても明瞭《はっき》り聞こえるほど、場内のブーイングは大きかった。

8

腰や膝をかばって呻きながら一時間ほどかけてシャワーを浴び、会場を出る。

車道を挟んだバス停のベンチには、アキナが座っていた。

「試合、見てました……ありがとうございました」

近寄るなり、神妙な面持ちで告げられる。数秒ほど間を置いてから、

「お嬢ちゃんが、いちばんの嘘つきだったな」と漏らした。

「えっ」

「今日対戦したあいつ……あんたの兄貴だろ」

おもむろに手首をつかむ。驚く依頼主にかまわず、俺は彼女の親指をつまんだ。

「こいつァ、まむし指ってんだ。親指の先が平たくなってるだろ。何百人に一人ってくらいの珍しい代物らしいが、それにしたってこれだけ立派なのは、そうそうお目にかかれねェ。そしてあんたら兄妹《きょうだい》は、おもしれェくらい指の形が似てるのさ。腕ひしぎをかけてる最中、ヤツの指を見て気がついたよ。〝団体にちょっと関わってる〟なんてお前ェさんはぬかしていたが、まさかレスラーとはな。盲点だったぜ」

アキナは目を大きく見開き、自身の親指をまじまじと眺めている。

「そこですべて繋《つな》がった。お前さんが乱暴されたのは他の人間……しかも兄貴と近い関係で、おまけに立場的に逆らえない人物。つまり、兄貴の先輩にあたる花形選手だ」

諦めたように肩をすくめ、アキナが笑う。

いままで見せたなかで、いちばん寂しそうな笑顔だった。

「〈疾風のプリンス〉と呼ばれてる人で、名前どおり本当に爽やかで……それであの日、警戒もせずに車に乗っちゃって……〝もし喋ったら、お前も兄さんも未来がなくなるぞ〟って脅されて、撮られて、嗤《わら》われて……」

顔を伏せる彼女の横に、疼く腰をかばいながらゆっくりと座る。

「……お前ェさんが言うとおりの一本気な兄貴なら、妹が手籠《てご》めにあったと知れば、絶対にそいつを殺すか、死ぬほどの目に遭わせる。とはいえ相手は花形だ、デビュー二年目の小僧が試合であたる機会なんてありゃしねえ。やるとすれば控え室か道場、いずれにしてもリングの外になる。けれども、試合以外で暴力沙汰なんて起こした日には、よくて業界追放……下手すりゃムショ行きだ」

いったん言葉を止め、横目で様子をたしかめる。何度も頷く頭が見えた。

「そこでお前ェさんは〝相手に復讐できないなら、せめて兄を犯罪者にするのだけは避けよう〟と一計を案じ、犯人を偽って俺に依頼したんだな。真犯人を告発しても、撮られた写真や映像は相手の手もとにある。暴露に怯《おび》えるよりは、兄妹そろってこの世界と縁を切ろうとしたわけだ。ま、そもそも名前がアキラとアキナ、一文字違いの名前ときてる。もうすこし俺のオツムが賢けりゃ、すぐピンときたんだが。まあ、なんとかカタがついた。なにもかも終わったよ」

「……よかった。よくなかったけど……これでよかったんですよね」

アキナが顔を手で覆う。嗚咽がおさまるまで一分ほど待ってから、俺は唐突に立ちあがった。

「いやァ、俺も耄碌しちまったなァ」

白々しい調子の独白に、アキナが頰を濡らしたまま「え」と声を漏らす。

「再起不能にするつもりが、肩を脱臼させることしかできなかった。ま、数日は動けねェだろうが、あの程度の怪我なら一ヶ月もすりゃ復帰できる。そんなわけで今回の〈掃除〉は失敗だ。報酬を受け取るわけにはいかねェよ」

呆然《ぼうぜん》とする小娘をちらりと見てから、言葉を続ける。

「それにしても、あそこの体育館にも困ったもんだぜ。会場は広いのに控え室が狭くていけねェ。今日も、なんとかのプリンスって若僧が、ひでェ怪我を負ったらしい」

「えっ」

「なんでもロッカーに激突して、手足の指が粉々に折れちまったんだとよ。おまけに、ぶつけたはずみで携帯やデジカメも壊れちまったとかでよ。あれじゃデータもお釈迦《しゃか》だろうなァ。リングにあがるのも一年以上はかかるだろうよ。ま、治るなァ兄さんのほうが早《はえ》ェだろうから、うまくいけば会社が新しい花形に選ぶかも知れねェな」

「藤戸さん……」

ようやく引いた涙を再び目尻に浮かべ、アキナがベンチから腰をあげてこちらへと歩み寄る。抱擁されかけたところをするりと躱《かわ》し、俺はもう一度口を開いた。

「レスラーってなァ、不思議な商売でよ。負けた試合がきっかけで、人気に火がつくヤツってのが居るんだ。やられ、倒され、ズタボロになって、それでも立ちあがる。客はどうやら其処《そこ》に光を見るらしい。肝心なのは勝敗じゃねえ。敗北したあとにどう生きるかなんだろうな。だから、つまり……お前ェさんも、負けた今日からが新しいスタートじゃねェのかい。過去は消えねェけど、過去を倒すことはできると思うぜ」

勝てよ、アキナちゃん。

俺の言葉に、アキナがくしゃくしゃの笑顔で頷く。

いままで見せたなかで、いちばんきれいな笑顔だった。


泣き虫の依頼主を見送ってから、背後の物陰に声をかける。

「……社長さんが盗み聞きかよ。まったく上も下もひでえ団体だな」

闇のなかから、羽柴がしょぼくれ顔を見せた。

「な、あのとき言っただろうが。最後は俺に感謝するってよ」

「本当に助かりました。あいつの所業を知らずに放置していたら、もっとひどい結果になっていたかもしれません。会社としても、きっちり処分するつもりです」

力なく言うなり深々と一礼する。その鼻先に、ぬっと掌を差しだした。

「なん……ですか。この手は」

「口止め料に決まってんじゃねェか。お前ェのことだ、いちおう用意してんだろ。とっとと出せや。それを見越して小娘の銭を拒んだんだ」

断ればどうなるか、わかってるよな。

いちだん低い俺の声に、羽柴の表情がみるみる曇っていく。

「あんたって人間は……本当にろくでなしだ。あの子から金を受け取らない場面で終われば、ヒーローになれたのに」

「馬鹿野郎、リングで英雄になれなかった人間に、いまさらなに期待してんだ。あの外道を警察に引き渡さなかっただけ感謝しろい」

あからさまな舌打ちを響かせてから、羽柴は持ち重りするほど分厚い封筒を、俺の胸に押しつけた。

「ありがとよ。なにかと入り用でな、助かったぜ」

忌々《いまいま》しげな顔の後輩に背を向け、再び歩きだす。

9

ようやく総合病院に到着すると、時刻はすでに夜十一時をまわっていた。

時間外受付を通ってナースステーションへ向かう。ちいさなガラス窓の向こうには、顔なじみの看護師長、大曽根《おおそね》が座っていた。会釈をして、封筒ごと札束を差しだす。俺をちらりと見てから、彼女が長々と息を吐いた。

「だから……藤戸さん、毎回こんな大金をあたしに預けられても困るのよ」

「すんません」

ハンチングを脱いで、軽く頭を下げる。

「ご家族に渡してもらえますか。いつも、ご面倒をかけます」

数秒間の沈黙。やがて、堪えきれなくなった大曽根が仏頂面を崩した。

「まったく、あいかわらず頑固な人ね。こそこそしないで、昼間に来て自分で渡せばいいのに」

「頑固なのはお互い様じゃねェですかい。毎回毎回飽きもせず、俺におんなじ説教をするんですから」

「当たり前です。ひと昔前ならいざ知らず、いまはコンプライアンスの問題もあって、こういう遣り方は反則なのよ」

「新しい横文字はガイジンの名前だけでお腹《なか》いっぱいですよ。それに俺の業界じゃ、反則はファイブカウントまで許されてますんで」

軽口に、大曽根が思わず吹きだした。

「ファイブどころか、とっくに百は数えてるわよ。除夜の鐘じゃないんだから、退場させられないだけ感謝しなさい」

「へへ。じゃあ……ちょいと顔だけ見たら、すぐ帰りますんで」

踵《きびす》をかえし、病棟へ続く廊下へ足を向ける。と、

「ねえ、藤戸さん」

数歩進んだところで、声をかけられた。

「私の立場で言うべきことじゃないけれど……あと何年、これを続けるつもりなの」

俺は答えず、目の前の病棟へ続く通路を眺める。

まっすぐ続く廊下は、バックヤードからリングへ向かう花道に少しだけ似ていた。けれども、この先には観客もスポットライトも存在しない。

「どこかで踏んぎりをつけないと……あなたにも残りの人生があるでしょ」

「ねェんですよ」

低く呟き、ポケットに突っこんでいた手を握りしめる。掌に爪が食いこむ痛みで、平静を保った。

「あいつにはもう、その残りの人生ってヤツがねェんですよ」

「……面会、五分だけね。特別措置ですから」

挨拶代わりにハンチングを被りなおし、再び闇へ足を踏みだす。

病室の前で立ち止まり、深く息を吸った。聞き慣れた電子音がドアの向こうで響いている。〈鷹沢雪夫《ゆきお》〉と書かれていたはずの表札は長い月日に負け、文字がすっかり掠《かす》れていた。

「おう、邪魔するぜ」

返事をしてくれと祈りながらノブに手をかける。何十回何百回と繰りかえしてきた、すでに〈儀式〉と化している動作。いつものように答えはない。

消灯後の病室を、機器のランプがぼんやり緑色に照らしていた。人工呼吸器が忙《せわ》しなくポンプを動かしている。部屋の奥に置かれたベッドに、チューブだらけの鷹沢が横たわっていた。

「寒ぃなァ、今晩あたりは降るかもしれねェって予報だぜ」

語りかけながら丸椅子を引き寄せて腰をおろし、旧友をまじまじと眺めた。その顔に、わずかながらでも回復の兆候がないかどうか確かめる。変化はなかった。鷹沢はぴったりと目を閉じたまま、動かなかった。先ほどまで火照っていた身体が、残酷な現実に冷やされていく。

「……なにもかも、嘘だったらいいのになァ」

すっかり痩せ細った腕に、そっと手を添える。

窓の外では予報どおり、いつのまにか小雪がちらつきはじめていた。

第二話

不運《バッドラック》

1

激痛で目を覚ました。

ベッドに横たわったまま、右膝をそっと動かしてみる――およそ四十五度に曲げたあたりで覚醒時とおなじ痛みに襲われ、俺はレスラーにあるまじき弱々しい悲鳴を漏らした。

痛みが引くのを待ち、じっと歯を食いしばる。ふと、尻の割れ目付近が湿っているのに気づいた。呻《うめ》いた拍子に括約筋が弛《ゆる》んだらしい。五十歳を前に、俺の身体《からだ》は下水管《シモ》の制御さえままならなくなったようだ。

寝る前に便所へ行くべきだったと悔やんだが、あとの祭り。後悔より、いまはこの痛みをなんとか鎮めるのが先決だった。なにせ、今夜には試合が控えているのだ。

痛みのない左足を伸ばし、爪先で掛け布団を摘《つま》んで静かにめくりあげる。ふだんは「煎餅かよ」と悪態をついている布きれが石より重く、蔦《つた》よりもわずらわしい。ベッドから慎重におり、壁やベッドの縁を手で探りながら片足で跳ねつつ台所に向かった。

脱ぎ散らかしたままの服やカップ麺の空容器を押しこんだコンビニ袋が、トラップよろしく六畳一間のあちこちに転がっている。脂汗を流しながら罠《わな》をなんとか避け、ときには指をぶつけて絶叫しながら台所へと向かう。

誰にも気兼ねしない男やもめの独り暮らしとはいえ、もうすこし片づけておくべきだった。こんな後悔も何度目になるだろうか。膝が痛むたび、おなじことを悔やんでいるような気がする。

最近「この痛みは、懺悔《ざんげ》ばかりで学ばない俺への天罰なのだろうか」と半ば本気で考えるようになった。天罰だとすれば、与えているのは神様ということになる。なるほど、これほどえげつない攻撃を仕掛けてくるとは、神様ってヤツはよほど手練《てだ》れの悪役《ヒール》に違いない。

そう、稀代《きだい》の悪役はときおり俺の膝へ〈透明な釘《くぎ》〉を突き刺してくる。老いぼれのレスラーを〈叫ぶ案山子《かかし》〉に変えては悦《よろこ》ぶサディスト野郎だ。否、俺だけじゃない。膝、首、腰、頸椎《けいつい》──一定のキャリアを誇るプロレスラーで、〈透明な釘〉の襲撃を免れた選手など存在しない。

冷静に考えれば、無理やり神様の所為《せい》にせずとも当然の話だろう。何千回となく、殴られ、蹴られ、マットに叩《たた》きつけられるのだ。何万回となく百キロを超える相手を持ちあげ、背負い、ぶん投げるのだ。どれほど鍛えようともやがて何処《どこ》かが故障する。そして、一度壊れはじめたらもう止まらない。鍛えた肉体が文字どおり重荷となり、次々と各部位にヒビが入る。レスラーの宿命だ。リングで生きる者の運命だ。

それでも若い時分なら、ひと晩たっぷり寝るだけであらかた回復したものだった。けれども四十の坂を越えたあたりから、なにをやっても痛みと疲れが取れなくなった。市販の鎮痛剤はまるで効かず、大した怪我《けが》も負っていないのに、体調や気圧で激痛がぶりかえす。最近は妙な咳《せき》も止まらなくなった。

とはいえ、俺なんぞ他の同業者に比べればまだ軽いほうだ。なかにはサポーターで血が止まるほど膝を絞めあげないと椅子から立てないヤツも、丼によそった飯よりも薬のほうが多いと悲しげに漏らすヤツもいる。誰もが壊れている。誰もが堪《こら》えている。

ただ——ひとつだけ俺が他の連中と違うところがあるとすれば、この痛みが迷惑な闖《ちん》入者《にゆうしや》も一緒に連れてくるところだろうか。

そいつの名は〈不運〉。

膝が泣く日は、十中八九ろくでもない災難に見舞われるのだ。コスチュームの尻が破けるといった些細《ささい》なトラブルから、試合中に別な箇所を負傷する笑えないアクシデントまで、種類は枚挙にいとまがない。俺が神罰を疑うのは、この奇妙なジンクスを信じている所為かもしれない。

もっとも、信心深いのは俺だけじゃない。生き死にと常に隣り合わせの商売ゆえか、多くのプロレスラーはゲンを担ぐ。リングへ続く階段は絶対に右足から登ると決めているベテラン。どれほど稼げるようになっても、チャンピオンシップの日には薄っぺらなハンバーガーを食べるスター選手。他人が聞いたら「どれもこれも思いこみだよ」と呆《あき》れるかもしれないが、俺はヤツらを笑い飛ばすことなぞできない。迷信や妄想で不安が拭えるならば安いものだし、自分自身の経験にかぎっていえば、これまで膝が痛んだのに〈不運〉に襲われなかった日は、一度だってないのだから。

そう、あの日もかすかに膝が痛んだのだ。俺の、そして親友の人生を大きく変えた、忌まわしい日——唐突に浮かんだ記憶を振りはらい、俺は案山子の行軍を再開した。

冷蔵庫のドアを開けて卵用のポケットをまさぐると、消炎剤の座薬は残りひとつだった。銀色の包装をめくり、白い弾丸を尻にねじこむ。呼吸をゆっくり繰りかえすうち、座薬は肛門《こうもん》の奥へ吸いこまれていった。

これでひとまずは安心だ。二、三時間も経《た》てば、痛みもおさまるだろう。安堵《あんど》して壁にもたれた拍子にうっかり膝を曲げてしまい、悲鳴をあげる。筋肉が弛み、下着がさらに汚れた。股間の生ぬるい感触と糞《くそ》の臭いに顔を歪《ゆが》めたが、不思議と気分は悪くない。試合を終えたあとのような達成感に包まれている。

三十分一本勝負、ピューマ藤戸選手の勝利です——リングアナの口調を真似《まね》て呟《つぶや》き、ひとり笑う。無様にやられて這《は》いつくばって、最後は狡猾《こうかつ》に勝ちをもぎとる。これぞレスラーの生き様そのものじゃないか。

「へっ、クソを漏らしたのが今回の〈不運〉だとすりゃあ、パンツを洗うだけで済むんだから安いもんだぜ。今回はちィっと安直だったな、神様よ」

すっかり明けた窓の外、群青色の空に強がってから、汗で滲《にじ》む視界を凝らして壁の時計をたしかめた。針は六時半を指している。なんとか痛みから気を逸《そ》らせようと、俺は暗算をはじめた。

消炎剤の効き目はおよそ七、八時間。三時間後に痛みがおさまるとして今夜の興行は六時半開始だから、俺の出る第三試合は七時をちょっと過ぎたあたりか。それまではさすがに保《も》たないだろう。病院で新たに座薬を貰《もら》っておかないと、リング上で粗相をしかねない。

「ッたく、面倒くせえなァ」

ため息を吐《つ》いてから、俺は保険証と診察券を取るため、再び案山子になった。

2

「……本当に面倒くさいね。そんな足、とっとと切り落としちまいな」

桜がちらりと見える診察室の窓を眺めながら、奈良宏美《ならひろみ》が吐き捨てる。

あまりの発言に絶句するこちらに一瞥《いちべつ》もくれず、眼前の医師は簡易の花見を終えて、カルテにペンを走らせはじめた。

俺の長らくの主治医であり、十年以上にわたり入院中の友を担当している、いわば戦友のような人物。そして、毎回その暴言に閉口させられる相手。それが奈良だった。

俺自身けっして上品な人間ではない。けれど、この医師の前では自分の軽口なんぞヒバリのさえずりに思えてしまう。これだけ口が悪いと大問題になりそうなものだが、患者から怒鳴りこまれたという話も病院がペナルティを科したという噂《うわさ》も聞かない。技術と見立ての確かさで、文句をねじ伏せているのだろう。もうひとつ理由があるとすれば、その美貌に皆がほだされるのかもしれない――つまり、とびきり別嬪《べっぴん》なのだ。

今年で四十半ばのはずだが、その風貌は初めて会ったころと比べてもほとんど変化がない。汚れた白衣を流行《はや》りの服に着替え、化粧っ気のない顔に白粉《おしろい》をはたいて口紅でも引けば二十代後半でも通用するはずだ。俺が芸能関係者ならば、美人女医として放っておかないだろう。

まあそれも、喋《しゃべ》らなければの話だが。

「……おい、なに人の顔見て笑ってんだ」

視線に気づき、奈良がこちらを睨《にら》みつける。

「いえ、別に。口さえ閉じてりゃ先生もそこそこ美人だと思っただけ……」

喋り終わるよりも早く、ハイヒールの踵《かかと》が俺の膝を勢いよく蹴り飛ばした。座薬が効いているとはいえ、痛いことに変わりはない。診察室の椅子に座ったまま悶絶《もんぜつ》する俺を一瞥し、白衣の暴君が嗤《わら》った。

「はン、要は声が聞こえなきゃ問題ないんだろ。じゃあ、あたしの口を閉じるよりもあんたの鼓膜を潰したほうが簡単だね。ほれ、耳を出しな。麻酔なしで手術してやる」

言うなり、奈良は机のペン立てから鉛筆を取りだすや、その先端を俺の鼻先へ突きつけた。あいかわらずの猛々《たけだけ》しさに「勘弁してください」と答えるのが精いっぱいだ。

「まったく……師長から全部聞いてるんだよ。鷹沢の見舞い、いつも夜中にこっそり来てるらしいじゃないか。ようやっとお天道《てんと》さんが高いうちに顔を見せたと思ったら〝膝が痛いけど、面倒だから座薬だけ欲しい〟と来たもんだ。あまりにも腹が立ったもんで〝そんならいっそ切っちまいな〟と言ったのさ。文句あるかい」

「すんません。今日は本当に急ぎなんスよ、試合があるもんで」

「それが頭に来るってんだよ。いくら口を酸っぱくして〝治療をしろ〟と忠告しても聞きやしない。そのくせ都合のいいときだけのこのこツラを出しやがってさ。なにが急ぎの試合だよ。どうせなら熊か牛とでも闘って、鬱陶しい膝をもぎとられちまえばいいんだ」

機銃掃射のごとき勢いに圧倒されて押し黙る。十秒ほどの静寂ののち、奈良が緩くパーマのかかった髪を乱暴に掻《か》いて、息を吐いた。

「……今日は特別だ。近いうちに検査を受けると約束するなら、処方してやるよ」

「け、検査ですかい。いったいなにをされるんで」

「されるんじゃなくて、するんだよ。採血とバリウム、あとはCTスキャンやMRI。超音波に胃カメラもぐいぐい飲ませてやる。切った張ったのフルコースだ」

「聞いただけで具合が悪くなっちまいます。勘弁してくださいよ」

仰々しく手を合わせた俺の椅子を、奈良が爪先で小突く。

「なに言ってんだい、検診を毎年受けてもおかしくない年齢だろうが。薬で一時的に痛みを和らげたって、原因を絶たないとますます酷《ひど》くなるばかりなんだよ。それとも、検査されるくらいなら座薬は要らないってのかい。じゃあ、代わりにコイツを直腸へお見舞いしてやろうか」

奈良が机に転がしていた鉛筆を再び握り、先端をこちらへ向ける。慌ててバンザイのポーズで降参の意思を表明しつつ、とっさに顔を伏せた。怖かったからではない。どうにもこうにも可笑《おか》しくて、つい笑ってしまいそうだったからだ。

俺は、この嗜虐《しぎゃくてき》的な女医に毎度浴びせられる言葉のマシンガンが嫌いではなかった。手加減のなさがやけに心地よく、猛者と試合をしているような錯覚に陥ってしまう。もしかしたら技を受ける仕事ゆえの、マゾヒスティックな職業病なのかもしれない。

奈良が腕時計に目を落とした。次の患者を気にしているのか。

もうすこし罵倒されたかったが、薬を処方すると言質《げんち》を取ったからには、そろそろ退散の頃合だろう。俺は椅子から腰を浮かせ、〈いつもの質問〉を口にした。

「それで……鷹沢の容態はどうですか」

「なんだい、今日は見舞い客じゃなくて患者だろ。二役もこなそうなんて図々しいね。変化の兆候があったら、あんたの腐れ足なんか放ったらかしで家族に報告してるよ」

「そうですか……そんじゃ、今日はこれで」

毎回交わされる虚しい問い、悲しい答え。軽く会釈をしてから、傍らの上着を手に立ちあがる。

と、カルテを書きながら、奈良が俺に訊《たず》ねた。

「……様子を訊《き》くだけで、今日も旧友の寝顔を拝んでいかないのかい。よほど昼間の見舞いが厭《いや》なんだね」

「いえ、そんなつもりじゃ……数時間後には試合なんで、足に余計な負担をかけたくないだけでさァ」

「なにからそんなに逃げてんだい」

驚くほど静かな声で、奈良が呟く。

暴虐も辛辣さも感じられない、穏やかな声色だった。

「さっきも言っただろ。痛みってのは、根っこを治さないといつまでも続くんだよ。向き合わないかぎり、終わることはないんだよ」

答えぬまま、もう一度頭を下げて、待合室へ戻ろうと踵《きびす》をかえした。その背中に、奈良が追い討ちのひと言をぶつける。

「あんまりバカスカ尻にぶちこむんじゃないよ、胃腸がやられて上下水道が破裂しちまうからね」

口調はいつもの傲岸不遜なトーンに戻っている。だが、それを聞いても先ほどまで俺の胸を満たしていた高揚感は、もうなかった。

〈不運〉が怖いのだと言ったら、奈良はなんと答えるだろうか。もしも今日あいつを見舞ったその場に、なにかしらの〈不運〉が訪れたら——。

それが恐ろしいのだと告白したら、怒るだろうか。

それとも笑い飛ばしてくれるだろうか。

3

試合終了のゴングが鳴った。

いつものように始まり、いつものように組みあい、殴り、蹴られ、投げ、極《き》められ、いつものように敗北する――マットへ横たわったまま、俺は大きなアクシデントが起こらなかったことに感謝していた。

どうやら今日の〈不運〉は、本当にクソを漏らしただけで済んだらしい。

勝手知ったる《大和プロレスリング》でのコミックマッチ、加えて移動距離が短い都内の会場だったのが幸いした。もし地方巡業の最中だったら、動けぬままで試合に穴を開けていたかもしれない。

もっとも〈不運〉から逃げきった代償はゼロではなかった。リングをおりてバックヤードへ辿《たど》り着くころには、踏みだす足がロボットのようにぎこちなくなっていた。サポーターをずらして膝に触れると、皿のあたりがコッペパンのように丸々と腫れあがり、熱を持っているのがわかった。

消炎剤が切れはじめたか。まったくタイミングが良いんだか悪いんだか。

控室の手前で壁にもたれかかり、呼吸を整える。ふと、廊下の奥に置かれたパイプ椅子が目に入る。本来はセミやメインを終えたレスラーが、コメントを出すために腰かけるインタビュースペースだ。けれども興行はようやく休憩後の後半戦を迎えたばかりで、この空間を利用する選手はしばらく居そうになかった。

ちょっとだけ借りても、バチは当たんねェよな。

背もたれを握りしめて椅子に腰を下ろし、ゆっくりと膝を曲げて状態をたしかめる。

予想していたよりも腫れはひどくない。鳥肌が立つほど冷やした湿布を何枚も貼って、鎮痛剤をありったけ胃に流しこんでおけば明日にはおさまっているだろう。

胸を撫《な》でおろしたその矢先――妙な音に気づいた。

革靴とおぼしき足音。リングシューズが行き交うバックヤードでは聞き慣れぬ、硬い響き。見れば、廊下の向こうからスーツ姿の男がこちらへと近づいてきていた。関係者以外立ち入れないエリアでメモ帳とペンを手にしているということは、スポーツ新聞かプロレス専門誌の記者なのだろうか。それにしてはやけに身なりが小綺麗《こぎれい》で、常時締切に追われている独特の雰囲気がない。

じゃあ、いったい誰だい――場違いな姿をぼんやり眺めていると、当のスーツ男が声をかけてきた。

「あの、お疲れさまでした。すこし、質問させてもらってもいいですか」

「へえ」と呆《ほう》けた返事をしてから、「試合後のコメントを求められたのだ」と察する。なるほど、インタビュースペースに座っているのだから、話を聞くべき選手だと思ったのだろう。だが、俺が今日こなしたのはさしたるテーマもドラマもない埋め草の試合だ。文字に起こしたところで、かぎられた紙面に載せられないのはベテラン記者なら考えずとも容易にわかる。とすれば、目の前のこいつは新米なのかもしれない。

ふと――悪戯心《いたずらごころ》がめばえた。

たまにはリングの外でも新人の相手をしてやるか。ロートルの使えないコメントを拾って帰り、上司に怒鳴られるのもいい経験になるだろう。

「はいよ」と朗らかに答え、椅子に座りなおす。

ふいに、若手時代の記憶がよみがえった。あのころは、試合を終えたスター選手のコメントを貰おうと記者連中がインタビュースペースに群がっていた。青二才の俺はその様子を遠巻きに眺めながら「いつの日か、自分も絶対にあそこに座ってやる」と誓ったものだ——結局、その機会はやってこなかったのだが。

それでも、当時はなにもかもが楽しかった。眩《まぶ》しかった。希望に満ちあふれていた。カクテルライトに光る汗、花道に注ぐカメラのフラッシュ、観客の声援——リングの内も外も、すべてが輝いていた。思い出を補完するように、今日の会場からも歓声が聞こえている。大技が決まったのだろうか。

「あの……そろそろ、お話を伺ってもよろしいでしょうか」

遠慮がちな声が、思い出に浸っていた俺を現実へ引きもどす。強張《こわば》った笑顔でおずおず訊ねる新米記者へ、爽やかに「おお、すまねえ。なんでも聞いてくれ」と答えた。

もうすこしだけ、懐古していたかったぜ——苦笑した直後、男が口を開いた。

「藤戸選手、十五年前にネオ・ジパングを退団していますが、フリーになってから一勝もしてませんよね」

予想外の問いに相手の顔をまじまじと見つめる。男はあいかわらず微笑《ほほえ》んでいるが、その目はまるで笑っていない。

「……それが、どうしたってんだ」

「いえね、不思議なんですよ。ネオ・ジパング所属時の戦績はシングルとタッグを合わせて、およそ七百戦で八十八敗。駆けだしのグリーンボーイだった期間を考えると、これはなかなかの勝率です。ところが、退団して以降はひとつも白星を飾っていない。ただの一度も……有り得ますか」

「有り得るもクソもねェよ。それが事実なんだ、仕方ねェだろうが」

ことさら凄《すご》みを利かせた返答にも、男が臆する様子はなかった。

「ま、それだけならジョブってことも考えられますけどね」

「おい、いまなんつった」

ジョブ——負け仕事を意味する、古くさい隠語だ。もともとは、実力でかなわない相手と闘う際、言い訳じみた強がりとして誰かが口走ったものらしい。いつしかその意味に尾鰭《おひれ》がつき、〈事前に取り決めされた勝敗〉をあらわす言葉として、レスラー以外の業界連中に広まったと聞いている。

もっとも、記者のなかにこんなふざけた言葉を吐くヤツなどいない。レスラーに聞かれたが最後、その場でぶちのめされるか二度と取材を受けてもらえなくなるかの二択だからだ。いまどき口にするのは半可通のファンかプロレスを見下している他競技のファイターくらいだ。

しかし、目の前の男は一見したかぎり、ファンでもファイターでもない。ならば、こいつは何者なのか。無意識に腰を浮かせた俺を、男が笑いながら諌《いさ》める。

「落ち着いてくださいよ。不思議なのはそれだけじゃないんですから」

冷静な態度が癪《しゃく》にさわる。生意気な横っ面を張り倒してやりたかったが、立ちあがるのにさえ難儀する姿は見られたくない。

「質問を続けます。フリー転向後、藤戸選手と対戦した相手のうち、実に二十七名が対戦中に負傷していますよね。当のあなたは無傷なのに」

「俺らが年間に何百試合こなすと思ってんだ。そらァ、なかには怪我するヤツだって出るさ。腕が悪《わり》ィか、運が悪ィかって話だ」

「ところが、負傷した選手のほぼ全員が、直後に廃業、もしくは長期休業している。全員ですよ、単なる不運じゃ済ませられないでしょう。藤戸さん……あなた」

いったい、何者ですか――。

無言で男を睨む。無意識に握りしめた掌《てのひら》へ、爪が食いこんでいる。

こいつ、俺の〈裏稼業〉を知っているのか。その上で挑発しているのか。

目的は、なんだ。

「テメェこそどういうつもりだ、この野郎。人の勝った負けたをほじくりかえしやがって。脳天をカチ割られてェのか」

座っていたパイプ椅子の背もたれを後ろ手に掴《つか》む。「いつでも食らわすぞ」という威嚇のつもりだったが、男はまるで怯《ひる》まなかった。

「お芝居はリングの中だけにしてください。第一、僕はレスラーじゃないんですから、あまり過激な言動は脅迫と受け取られかねませんよ」

「……御託ばかりならべやがって。いったいなにが聞きてェんだ」

男はほんのすこし考えてから「真実……ですかね」と微笑んだ。

「あなたの正体……たとえば、人体破壊に異様な興奮をおぼえる特殊な性癖の持ち主とか。もしくは、発作的な暴力衝動に襲われ、野獣のようになってしまう人格異常者の可能性もある。あるいは、秘密組織に所属する同業者専門の始末人かもしれない。もう一度聞きますが、あなた何者ですか。僕は真実を知りたいんですよ」

始末人のくだりで嗚咽《おえつ》が漏れそうになるのを、なんとか堪える。すんでのところで留《とど》まったのは、この男が真相まで辿り着いていないと察したからだ。

こいつはまだ気づいていない。俺の裏稼業も、その理由も。

「……誰に吹きこまれたのか知らねェが、どれもこれも有り得ねェな」

冷静さを取り戻した声に、男がやや戸惑いの表情を見せた。

「プロレスってなァ、殴るより殴られるほうが多いんだ。技を受けて、受けて受けて受けて、オマケでもういっちょ受けて、そこで初めて反撃する。だから観客が沸く。歓声が飛ぶ。お前《め》ェさんが言うような、相手を殴りてェだけの乱暴者にはいちばん向かねェ仕事なんだよ」

「……じゃあ、残るのは始末人のセンですか」

「その仮説がいちばん荒唐無稽だよ。こんな耄碌爺《もうろくじじ》ィが殺し屋みてェな真似できると思うのかい。ここに座ってるのだって、控室までまっすぐ帰れねェほど身体じゅうがボロボロだからなんだぜ」

言いながらサポーターをめくり、腫れあがった膝をあらわにする。

「俺が古巣を辞めたなァ、単純にガタが来て用済みになった所為だ。負け続けてるのもポンコツだからだよ。そんなオイボレだもんで、相手に怪我ァさせちまうこともある。それだけだ、残念ながらあんたの名推理は全部ハズレてるのさ」

さて、これで諦めるか、それとも食い下がるか——と、身構える俺に向かい、男が再び微笑んだ。

「まあ、たしかに現時点では、どの説も仮定の域を出ません。僕の推理も、あなたの証言も。ただ……」

写真や動画といった証拠があれば、話は別ですがね。

男はそれきり黙った。俺も無言を貫く。睨み合ったまま時が過ぎる、五秒、十秒。

と、割って入るように会場からけたたましい音楽が聞こえてきた。選手のテーマ曲
――メインイベントが終わったのだ。

「……悪ィな、どうやらそろそろ此処《ここ》を使うみてェだ。取材は終了だよ」

椅子からゆっくり立ちあがり、控室へと向かう。背後で男が叫んだ。

「ええ。また近々お会いすると思いますので、そのときは……どうぞよろしく」

振りかえらずに手を振りながら「お前ェが今日の不運かい」と、零《こぼ》す。

神様、ちょっと今回はキツすぎやしねェか。

4

撤収中の会場で石倉を見つけるなり、俺は襟首をつかんで廊下の陰に引っ張った。

「おい、アレはどこの馬の骨だ」

「へ、なんの話や」

「なァにスッとぼけてんだよッ。ついさっき、見たことのねェ記者に、退団してから勝ってねェ理由を根掘り葉掘り聞かれたぞ」

「ほ、ほんならそいつは、オマエの素性が〈掃除屋《クリーナー》〉やっちゅうのを」

丸い顔をさらに膨らませて叫んだ石倉の脛《すね》を、俺は思いきり蹴り飛ばした。古巣の同期にして三十年来の仲間だが、いまだに単なる間抜けなのか腹芸の上手《うま》い古狸《ふるだぬき》か、判断に苦しむ瞬間がある。

「このバカ風船、でけェ声で物騒な話するない。あの様子じゃあ、疑っちゃいるものの確証は摑んでねェよ」

「なんや、それやったら問題ないがな。あんまり驚かさんといてくれ」

「問題だらけだよウズラ頭。そもそも、なんであんな怪しい輩《やから》が楽屋裏をうろちょろしてるんだ。大和プロレスの代表サマが、取材許可証を出した相手を知らねェとは言わせねェぞ」

「いや、その……最近は資金繰りが大変でな、取材やら広報やらは下の者に任せっきりなんや。せやさかい、ワシはほんまに知らんねん。今度からきちんとチェックしとくさかい、堪忍してくれや」

膨張した顔の前で両手を合わせて、石倉が拝み倒す。それ以上怒る気にもなれず、俺は追及を諦めた。事情聴取の終了に安堵したマヌケなタヌ公が、廊下の陰へと俺の袖を引いた。

「ま、その男のことはさておいて……今日のギャラ、受け取ってくれるか」

嫌な予感がした。

いつだって支払いを渋る吝嗇家《りんしょくか》が、今日にかぎって積極的に渡そうとするとは——もしかして、アレか。

不安は的中した。

石倉が手渡した封筒には、造花の薔薇《ばら》が一輪添えられている。イミテーション・フラワー。鮮やかな偽物。華やかな嘘。つまり——プロレスラー。

俺に〈掃除〉を頼むための符牒《ふちょう》。

リングの上で無法者を始末する〈掃除屋〉への、無言の依頼状。

「ッたく風情がねェなあ。この季節なら、花は桜だろうがよ」

俺の文句を受け流し、石倉が「来週の仙台大会に参加してほしいねん」と告げた。

「杜《もり》の都《みやこ》でお片づけかい。で、〈清掃物件《ダスト》〉は誰だ。勝ち気なガイジンか、それとも世間知らずの道場破りか」

「ウチの……若手や」

驚きのあまり、摘んでいたプラスチックの薔薇が床に落ちる。

「正気かい。生え抜きをオシャカにしてくれってなァ、どういうこった」

「地下プロレスって、聞いたことあるか」

「名前くらいはな……でも、ありゃあ単なる与太話だろうが」

「それがな、ほんまにあるらしいねん。ルール無用の反則なし。目玉は抉《えぐ》るわ耳はちぎるわで、そりゃあもうエグイっちゅう話やで」

石倉が口にした〈地下プロレス〉なる催しの噂は、以前から耳にしていた。場所は大都市の酒場、参加者は腕自慢の不良や業界を追われた格闘家など、ならず者ばかり。潰れた団体から二束三文で引き取ったリングを中央に置いて、観客は酒を飲みつつ、プロレスとは名ばかりの喧嘩《けんか》マッチを楽しみ、勝敗に金を賭けるのだという。

なんのことはない、闘犬や軍鶏《しやも》代わりに人間が闘う悪趣味な博打《ばくち》だ。あまりに漫画じみた話で信じてなどいなかったが、まさか本当に存在するとは。

俺の驚愕《きようがく》を代弁するかのように、石倉が「いや、ほんまに仰天したわ」と言った。

「なんでも、借金を肩代わりしたとかで、その地下プロレスにウチの若手が誘われたらしいねん。せやかて、そんな賭博まがいのゲテモノに参加したなんてマスコミに知られたら、ウチは業界から総スカンや。三日と持たずに潰れてまうわ」

「で、やむなく怪我で諦めさせようってハラか」

「大正解、そういうこっちゃ」

俺の言葉に、石倉が胸元で小さく拍手をする。なにをやっても腹立たしい丸顔だ、針でつついて割りたくなる。

「再起不能とまではいかんでも、三ヶ月……いや、半年リングにあがれんようにしてくれたら上出来や」

「簡単にほざくねェ。言っとくが、安かねェぜ」

ギャラの話になった途端、石倉はわざとらしいほど巧みに話題を変えた。

「いやしかし、地下プロレスなんてほんま信じられへんわあ。長生きはしてみるもんやなあ。この世には、ワシらの知らん世界がまだ……」

「ゴチャゴチャうるせェなあ。依頼はきっちり請けてやるから、すこし黙ってろい」

ぞんざいな返事をしつつも、俺の頭はあの男のことでいっぱいだった。どうやって正体を暴いてやろうか——そればかりを考え続けていた。

5

「ああ、そいつはたぶんカイエナですね。業界の一部じゃ有名です」

怪しい記者の正体はあっさりと判明した。教えてくれたのはアラこと、アナウンサーの新館《あらだて》四郎《しろう》である。否、元アナウンサーと言うべきか。

二十年ほど前、新館は俺が所属していた団体《ネオ・ジパング》の中継番組で実況を務めていた。交通の便が乏しい時代とあって、当時は地方巡業で選手とテレビスタッフが寝食をともにすることも多かった。俺とアラは同い年ということも手伝って、時を置かずに打ち解け、やがてお互いをあだ名で呼び合う仲になった。

以来、現在まで交流が続いている。

もっとも彼は順調に出世していまや報道局長、いっぽうの俺はしがない貧乏レスラーとずいぶんな差がついてしまった。それでも本人は立場などさして気にしていないようで、頻繁に電話をよこしては「ヒョウさん、ヒョウさん」と、リングネームのピューマになぞらえた愛称で慕ってくる。俺もなにかと頼りにしていて、今回も電話でなにげなく訊いたところ、呆気《あっけ》なく謎が解けたというわけだ。

「最近のハイエナは服を着て人間の言葉を話すのかい。人に化けるんなら、タヌキかキツネの間違いじゃねェのか」

携帯電話の向こうで新館が「やだなヒョウさん、本物のハイエナじゃありませんよ」と笑う。生来のお人好《ひとよ》しは、冗談と捉えなかったようだ。

「海江田修三《かいえだしゅうぞう》、フリーライターです。取材のえげつなさからハイエナの海江田、それが縮まって〝カイエナ〟と呼ばれているんだとか。ほら、何ヶ月か前に大物実業家の四股不倫騒動があったでしょ」

「知らねェよ。最近は新聞もテレビも、ろくすっぽ見ねェんだ」

「あのネタ、カイエナが最初にウチの局へ売りこみにきたんですよ。結局ウチではスポンサーとの関係を気にして扱いませんでしたけど。その後にゴシップ誌が買い取り掲載、そりゃもう大騒ぎだったんですから」

新館いわく、海江田という男は写真や映像で特ダネの決定的証拠をきっちり押さえるのが信条なのだそうだ。週刊誌やワイドショーで扱うスクープのけっこうな数が、ヤツの売ったネタらしい。

「そのカイエナってなァ、ずいぶん遣《や》り手《て》だね。どこの出だい」

「なんでも、数年前まで大手新聞社に勤めていたようです。ところが、ある特ダネが原因で退社する羽目になったって噂ですよ」

「手柄をあげてクビ切られるってなァ、解せねェが」

「そのへんの詳しい事情は不明のままですが、どうやら退社後に〝社会の掃除屋〟を名乗りはじめたみたいです。ほら、ハイエナも〝サバンナの掃除屋〟って呼ばれてるでしょ。そこに掛けたニックネームなんですって」

裏稼業を知らないはずの新館から思いがけない単語が飛び出して、どきりとする。動揺で口ごもっていると、新館が「ヒョウさんもカイエナに狙われてるんですか」と呑気《のんき》な調子で訊ねてきた。

「あっ、もしかして有名女優と結婚するとか。やだなあ、ウチの局で独占取材させてくださいよ」

「馬鹿野郎。ちょっと――知りあいから聞かれただけだよ」

「へえ、そうですか」と言ったきり新館はそれ以上なにも訊かなかった。疑うことを知らないのは相変わらずのようだ。否、もしかしたら大人の対応をしてくれたのかもしれない。いずれにせよ、ありがたかった。

その後、もしカイエナの情報が入ったら教えてくれるように頼んでから、お互いの近況を簡単に報告しあい、最後は「来年こそは花見をしよう」と〈例年どおりの叶わぬ約束〉を交わし、俺たちは声だけの同窓会を終えた。

ふと、携帯電話を握りしめた指先がひどく冷たいのに気がつく。指だけではない。身体の芯から寒気が伝わってくる。凍える理由は、自分がいちばんよくわかっていた。カイエナはかならず近いうちに勝負に出る——そんな冷えきった予感の所為だ。

俺は知っている。〈飢えた獣〉は、簡単に獲物を諦めない。

6

思っていたよりはるかに早く、その日はやってきた。

仙台大会当日——つまりは〈清掃日〉。客入れの最中、強張った身体を温めようと場内をランニングしていた俺は、体育館の壁にもたれている海江田を発見した。

いずれ姿をあらわすとは思っていたが、こんなに急だとは。しかも〈掃除《クリーニング》〉をおこなうその日を狙って。何処かで情報を仕入れてきたのか。

「写真や動画で決定的証拠を掴む」という新館の言葉を思いだし、慌てて会場を見わたす。

居た――。

南側の席にひとり、西側にもうひとり。砲台じみた一眼レフを手にした男がふたり座っている。最近は高価そうな機材を持っている客も増えたが、連中の持つカメラはあきらかに趣味のそれではない。

撮る気か、〈掃除〉の瞬間を。

気配を感じて見あげると、開放していないはずの二階席にも、カメラを構えた男が座っていた。絶対にシャッターチャンスを逃さないつもりか。

敵はカイエナを含めて四人。対戦相手も合わせれば、計五名ということになる。

「いや……六人だな」

客席の後方に、腕組みをしたままリングを凝視する丸メガネの男がいた。一見して平凡なサラリーマンとしか思えぬ風貌だが、鋭い眼光は普通のファンではない。海江田の手下と考えて間違いないだろう。

さて――どうする藤戸。

足を止め逡巡《しゅんじゅん》していると、俺に気づいた海江田が胡散《うさん》くさい笑顔で近づいてきた。

こんなことならバックヤードに隠れていればよかった。己の優柔不断さに腹が立ったものの、いまさらどうしようもない。ひとつ深呼吸をしてから、こちらも歩み寄る。

「いやあ、どうも。先日の試合で藤戸さんに惚《ほ》れちゃいまして。遠路はるばる訪ねてきました」

「そらどうも。カイエナさんにそう言ってもらえるたァ、嬉《うれ》しいねェ」

精いっぱいの虚勢、海江田の表情がわずかに変わった。

「この短い期間で、名前まで突き止めるとは。あなたもなかなか油断のならない人だ」

「今日はお友達も一緒みてェで、なによりだ」

「……さて、なんの話ですかね」

それきり〈社会の掃除屋〉は沈黙した。対峙《たいじ》するふたりの横を、観客が笑いながら通過していく。温まりはじめた会場のなかで、俺たちの立っている場所だけが、春を逃したように寒い。

「……ま、せいぜい頑張って〈真実〉とやらを見つけてくんな」

肩を叩いて再び走りだす。すれ違いざま、「逃がさねえぞ」と、低い声が聞こえた。

バックヤードへ戻るなり、俺はその場に屈《かが》みこんだ。対峙した緊張の所為ではない。苦痛だ。ほんのすこしウォーミングアップをしただけで膝がひどく痛む。いつもなら、いったん腫れが引けば一ヶ月は再発の兆候さえなかったというのに。

いつまでこの身体が保つのか。俺はなぜ、これほど身体を酷使してまで闘うのか。なにと闘っているのか。勝利の先に、敗北の彼方《かなた》になにがあるのか——余計なことを考えるなとおのれに言い聞かせるが、自問は止まらなかった。

ふいに、すべてが虚しくなる。

もう、あの男に洗いざらい話してしまおうか。

誘惑が、頭を掠《かす》める。

トイレへ向かうと、ちょうど今日の対戦相手である那賀《なが》が出てくるところだった。シャツの上からでも盛りあがった僧帽筋がくっきりとわかる。綺麗な金髪の所為で、褐色の肌がなおのこと際立っていた。すっきりとした鼻筋、ぎらついた目。顔も身体も華がある。若きホープと謳《うた》われるだけのことはあると、改めて感心した。

那賀晴臣《はるおみ》、二十四歳。去年まではジュニアヘビー級で活躍していたが、ここ一年で体重を十五キロも増やしヘビー戦線に名乗りをあげている。

スピードとパワーを組み合わせたファイトスタイルが好評で、他団体主催のトーナメントで連勝したのをきっかけに一躍注目されることとなった。最近は那賀めあての若い女性客も増えている。名実ともに次世代の星——そして、今日の〈清掃物件〉。

「おう、お手柔らかに頼むぜ」

軽く手をあげて挨拶を交わす。と、

「自分……秒殺するつもりなんで」

目を伏せたまま、那賀が告げた。

「そんなに怖い顔すんない。あんまり気張ると、かえって怪我するぜ」

おどけてみせたが、那賀はにこりともせぬまま深々と一礼して、若手用の控え室へ駆けていった。後ろ姿を見送りながら「面倒くせェなあ」と漏らす。

本音だった。

勢いづいた若手はとにかく骨が折れる。一定のキャリアがあるレスラーなら、真剣に闘ったうえで「負けを選ぶ」余裕がある。軍団抗争、外国人とのせめぎ合い、同期とのライバルストーリー。シリーズを通して描かれる展開を俯瞰《ふかん》し、最終戦で劇的な勝ちをおさめられるよう策を弄し、長い巡業を見越してスタミナを調整する。

しかし、若い選手にそういった老獪《ろうかい》な選択肢などない。ひとつでも多く勝ちたい、すこしでも評価されたい。その思いが先走り、粘らずともよい地方巡業を〈タフマン・コンテスト〉に変えてしまう。本人は日々、充足感でいっぱいだろうが、相手をする身としては溜《た》まったものではない。おまけに技術が未熟だから、うっかり気を抜いているとたちまちなんの得もない怪我をさせられる。つまり、ヤングボーイとの試合には集中力と体力が必要になるのだ。

そういう姿勢が悪いとは言わない。むしろ、リングではベテランじみた保身よりも、青くさいエゴイズムが尊重されるべきだとすら思っている。だが、今日の仕事はそんな利かん坊の〈掃除〉であり、おまけにその瞬間を誰にも見られてはいけない、撮られてはいけないときている。

まさしく八方塞がり、打開する手段など思い浮かばなかった。

〈掃除〉をおこなわず素直に負けて、そのまま戦場を去ろうか——先ほど脳裏をよぎった迷いが、再び鎌首をもちあげる。ベストではないが、けっして悪くない引き際だ。此処まで走り続けたのだ、いまさら誰も責めやしないだろう。

鷹沢も、許してくれるはずだ——

「なにからそんなに逃げてんだい」

突然、奈良の声が耳のそばで聞こえた。慌てて廊下を見まわしたものの、周囲には誰も居ない。

ならば、いまのは空耳か。

安堵しつつも、狼狽《ろうばい》した自分に腹が立ち、俺は無人の空間に向かって反論した。

「逃げてねェよ。俺は、俺の闘い方で生き延びようとしてるだけだ」

とっさに口をついた台詞《せりふ》に、自分自身で驚く。

そうだ——無様にやられて這いつくばって、それでも最後は狡猾に「敗北」をもぎとる。試合に負けて、勝負に勝つ。たとえ相手が脂の乗った後輩であろうが、膝の痛みであろうが、特ダネ狙いの獣であろうが、抗《あらが》えぬ〈不運〉であろうが。

それが俺だ。ピューマ藤戸だ。

弱気の虫へハッパをかけるように、膝がずきりと疼《うず》く。もう、怯みはしなかった。呼吸はすっかり落ち着いていた。

「……さて、覚悟を決めるか」

トイレの個室へ入ってタイツをずり下げ、あらわになった尻へ座薬を挿しこんだ。ひとつ、ふたつ、とどめのみっつ。これまでにも、間を置かず連続で挿入したことはあるが、一気に三発は初体験だ。さっそく、便意に似た違和感が直腸で暴れている。

「センセイ、見ときなよ」

女医の仏頂面を思い浮かべながら、虚空に語りかけた。

7

ゴングと同時に、那賀が重心を下げ突進してきた。

まさしく空飛ぶ牛、タックルというよりもロケットに近い。マタドールよろしく、すんでのところで身をかわす。目の前を駆けぬけた暴れ牛がロープに思いきり背中を預け、倍の速さでこちらへ再び迫ってきた。反射的にマットへうつ伏せになり、頭を軽くあげて周囲に目を配る。

　那賀の姿が、ない。

　しまった、上から降ってくる——とっさに脇へ転がった直後、マットが地鳴りのような音を立てて揺れた。フライング・ボディプレス。試合の構成を考えれば、序盤で放つ技ではない。勝利に対する貪欲さに呆れながら起きあがる。其処《そこ》に那賀が間髪を容《い》れずショルダータックルをかましてきた。鎖骨が軋《きし》む。肺が潰れて呼吸が止まる。

　たまらず手四つの体勢に移った。思った以上にスピードがある。この場は組み技で仕切りなおしたほうが賢明だ。

　伸ばした両手に指を絡めるや、那賀がマットにねじ伏せようと力比べを挑んできた。その圧力を利用して逆に転がし、すばやく背後にまわって踵を取る。

「アンクルホールドだ！」

　マニアとおぼしき客が叫ぶ。ご名答、しっかりと極まればギブアップする余裕もなく足首が壊れる関節技だ。もっともそれではこちらが勝ってしまう。俺はわずかに力を緩め、那賀の出方をうかがった。

　猛牛がもがきながら匍匐前進《ほふくぜんしん》してロープを摑み、エスケープする。レフェリーがふたりを引き離した直後、立ちあがった那賀が大ぶりのパンチを振るってきた。

　唐突な展開に客席がざわめく。

プロレスでは拳の打撃は反則になる。出すにしても、窮地に追いこまれた際の一発逆転を狙うのが定石だ。なんの脈絡もないまま、試合序盤で披露する意味などない。

「さっきの飛び技といい……いちいち引っかかるんだよなあ」

距離をはかってナックルを牽制《けんせい》しながら、独り言を漏らす。

たしかに反射神経は一級品、筋力とて申し分ない。だが、関節技やポジションを奪いあうグラウンドの攻防はあきらかに不得手で、打撃もそれほど慣れているようには感じられなかった。通常の試合であればともかく、喧嘩まがいの地下プロレスとやらで勝ちあがれるとはとうてい思えない。

ま、あまり考えてもしかたねェ。そろそろ終わるか。

パンチをかいくぐってわざと懐に飛びこむ。あっさり釣られた那賀が、ロープに振ろうと腕を取った。その指をこっそり摑んで脱臼させようとした直後、俺はカメラマンの存在を思いだした。

客席を確認すると、あんのじょうバズーカのようなレンズがこちらに向いていた。肉眼では見えなくとも、化け物カメラのズームならば容易《たやす》く決定的瞬間に気づくはずだ。

慌てて指を離し、素直に対角線へ振りかえす。

ちくしょう、このままでは埒《らち》があかない。おまけに那賀はスタミナをたっぷり残している。時間が経つほど〈掃除〉が難しくなるのは明白だった。

どうする、どうする。閃《ひらめ》いた〈作戦〉をやってみるか。できるのか、藤戸。

おのれに問いかけること数秒、俺は決心した。

「よっしゃ……お片づけの時間だぜ、モーモーちゃん」

コーナーポストへぶつかった那賀を追いかけて、大ぶりのキックを顔面に決める。那賀がさっと顔色を変え、エルボーを叩きこんできた。こちらも負けじと打ちかえす。那賀が反撃する。俺が打つ、ヤツが肘をぶちこむ。応酬に合わせて観客の声が大きくなっていくなか、俺は反撃のタイミングを早めていった。気づかれぬよう、慎重に。

何発目かの肘を屈んで避《よ》け、ロープにダッシュする。跳ね返ってきた俺の顔面に、カウンターのドロップキックが炸裂《さくれつ》した。

当たりがわずかに浅い。タイミングが狂いはじめている。

〈作戦〉の成功を確信しながら、すぐさま起きあがって胸元へ逆水平チョップを打ちこんだ。汗が散る。怒りにまかせて那賀が打ちかえす。俺が再びチョップで反撃する。今度は手刀のラリーがはじまった。

次第に息があがっていく。首の脈が跳ねて、耳の奥がひどく煩《うるさ》い。休みたい衝動を必死にこらえ、俺は攻防のテンポを静かに静かに加速させていった。まだだ、まだだ。もうすこしだけ保ってくれ。自分の身体へ言い聞かせながら、十五発目のチョップにぐらついた那賀をロープへ振った。避ける、ぶつかる、起きあがる。リングで肉体のピンボールが弾《はじ》けあう。と、よろめく俺を見て勝機を察した那賀が、今日いちばんの速度でロープへと走った。その足がわずかにもつれている。勢いに飲まれている。

よしッ、いまだ——。

観客に悟られぬよう、俺は擦《す》り足《あし》でわずかに五十センチほど後退した。

戻ってくる那賀の表情に戸惑いが浮かぶ。距離感を見誤ったことに気づき、必死に歩幅を合わせようと試みている。と、次の瞬間、フライング・ブルが絶叫とともに、空足《からあし》を踏んで体勢を崩した。

倒れかけたその胸へ勢いよく飛びこみ、派手にはじき飛ばされてやる。

沸きあがる歓声に思わず笑みが浮かんだ。客からは目まぐるしい攻防の果てに力負けしたようにしか見えないはずだ。足を引きずり、なんとか俺に覆い被《かぶ》さった那賀をカウントツーで弾きかえす。驚きと痛みでぐしゃぐしゃの顔に「重量オーバーだよ、ダイエットしろや」と囁《ささや》いた。

予想が当たった。

那賀は、この一年で急激に増やしたウェイトと折り合いがついていない。体重を増やしたまま、強引にジュニアヘビー時代のスピードを維持しようとしている。制御ができているうちは問題ないが、リズムが狂った瞬間、慣れない自身の体重が仇《あだ》になる。そのツケが、いましがたの無様なフォールというわけだ。

その様子だと、足の腱《けん》をやったな。

立ちあがろうとした那賀がよろめき、両手をマットにつく。不恰好《ぶかっこう》な腕立て伏せを披露する暴れ牛の頭を摑み、無理やり起きあがらせた。

「悪ィなあ。お前ェさんにゃ、もうひと頑張りしてもらうぜ」

もつれ合いながら那賀の額をヘッドロックに捉えると、俺は目立たぬようにその場でみずから跳ねた。反射的に那賀が俺を抱えあげる。

よしよし、いい子だ。ヘッドロックはバックドロップで返すのがセオリーだからな。頭を撫でてやりたい衝動に駆られつつ、俺は空中で身体の向きを変え、重心を一気に移動させた。暴れ牛が悲鳴を漏らす。当然だろう、負傷した足に大の男ふたりの重みが乗ったのだから痛くないわけがない。

じたばたと抵抗するふりをしながら那賀の耳をさっと摑んで後方に引き、顎を仰け反《のぞ》らせる。猛牛は俺を抱えたまま仰向《あおむ》けに倒れていった。すかさず、背中をマットに密着させる。バックドロップ・ホールドの完成だ。

隣に滑りこんできたレフェリーが素早くマットを叩いた。

「ワン、ツー！」

スリーの声に合わせて客席がどかんと爆《は》ぜ、セコンドのレスラーたちがリングへと駆けのぼってきた。

「……担架、用意してやんな」

狼狽《うろた》える練習生へ耳打ちしてから、のたうちまわる勝者を一瞥し、リングをおりる。

海江田もカメラマンたちも、いつのまにか姿を消していた。

8

座薬の副作用とおぼしき体調不良に襲われ、トイレで胃液をありったけ吐き戻してから控え室に戻ると、ドアの前に海江田が立っていた。

その顔はもう笑っていない。

「さっき医務室を覗《のぞ》いてきましたよ。那賀選手、アキレス腱を痛めたそうです。リングドクターの見立てじゃ全治六ヶ月、しばらく休場でしょうね」

「おお、そうかい。まァ自爆ってやつだ。不運だったなァ」

「……藤戸さん、予想以上に器用な選手なんですね。もっと露骨に相手を壊すんだと思ってました」

「はて、言ってる意味がわかんねェなあ」

軽やかに嘯《うそぶ》く俺をひと睨みして、海江田が舌打ちをした。

「凄腕のカメラマンを三人も手配したのに、大損ですよ」

「おや、俺の試合に惚れこんだんじゃなかったのかい。ベストショットが腐るほど撮れただろ。モデル代は弾んでくれよな」

「僕が欲しかったのは汗だくになったおっさんのセミヌードじゃない。殺人マシンが獲物を仕留める、真実の瞬間なんです」

「リングの上で起こったことは、すべて真実さ。嘘なんかありゃしねェよ」

「そんなはずがあるかッ！」

それまで平静を保っていた海江田が、はじめて声を荒らげた。

「真実というのはひとつしかないんだ。それ以外はみんな虚構だ、デタラメだ。諦めないぞ。真実が嘘に負けるなんて、あってなるもんか！」

眼鏡の奥の目が血走っている。きりきりと小さく聞こえる音は歯軋りだろうか。

俺は直感した。獣がこれほど吠《ほ》えるのは、傷口に触れたときだ。

「……お前ェさん、過去にいったいなにがあった」

思わずこぼした問いかけに、海江田は答えない。しばらくの沈黙ののち、〈もうひとりの掃除屋〉は穏やかな微笑を取り戻していた。

「ま、しょうがない。今回は僕の負けですね。今日はこれで引きあげます。そのうち、またお会いできるでしょうから」

「チケットを買ってくれるんなら、いつでも大歓迎だよ。今度は特別リングサイドのいちばん高い席を購入してくれや」

軽口に返事することなく、海江田は踵をかえし去っていった。

シャワーを浴びようと控室のドアノブに手をかけた直後、「藤戸選手」と声をかけられた。振り向くと、先ほど客席で腕組みをしていた丸メガネの男が立っている。

いつのまに近づいたのか——まるで気配を感じなかった。

「……あんたの雇い主なら、さんざん悪態ついてから帰ったぜ」

「おや、どなたかとお間違えではないでしょうか」

「じゃあ、お前ェさんは何者だい。さっさと名乗りな。もう誰が来たって驚かねェぜ」

手慣れた様子で男が名刺を差しだす。ちらりと目を落とした途端、俺は前言を撤回する羽目になった。

《株式会社ファイアーボルト　統括部長・馳部《はせべ》博彦《ひろひこ》》

「ファイアーボルトって……あのボルトか」

通称《ボルト》。またの名を「観客が世界一エキサイトするリング」。

リングといってもプロレス団体ではない。総合格闘技イベントだ。大手テレビ局のバックアップを受けて、さまざまな格闘技の選手を巨額で引き抜いては、刺激的なドル箱カードを次々に組んでいる。

おなじ四角いリングとあってプロレスも無縁ではいられない。過去にもネオ・ジパングはじめ、メジャー団体から数名のトップ選手が引き抜かれている。もっとも結果は全員が惨敗。まるでいいところを見せられず、業界の評価を著しく下げていた。

そんなボルトの統括部長が、此処に居るということは――こちらの表情を察したのだろう、馳部と名乗る男がうやうやしく口を開いた。

「実はですね、私どもでは先だって那賀選手をスカウトしておりまして。ところが、今日の様子を拝見するかぎり、復帰にはずいぶんと時間がかかる模様でしてね」

そこまで言うと言葉を止め、馳部はこちらへ歩み寄った。

「そこで、ご提案です。藤戸さん、彼の代わりにご出場願えませんか」

「出場……だとォ」

「ええ、ボルトへの参戦です。我々は常に話題性のあるファイターを探しております。あなたは人を惹《ひ》きつけるにおいがする。観客を魅了する妙なオーラがある。どうです、大金と名声を得てみませんか」

「ああ……なるほどなァ」

男を無視して俺は独りごちる。

パズルのピースが埋まった。ダマがほぐれて一本の糸に戻った。

謎が解けた爽快感と、真実を知った不快感をないまぜに、ため息を深々と吐《つ》く。

「……ヨソをあたってくんな。こんな爺ィに冗談きついぜ」

「ええ、最初は皆さんそうおっしゃいます、無理にとは申しません。まず、ゆっくりご検討ください」

つれない対応にも慣れているのか、馳部は拍子抜けするほどあっさり引き下がると、俺の手に名刺を握らせバックヤードから姿を消した。

蛇を思わせる感情のない目――海江田以上に腹の底が読めない男だ。

馳部が完全に見えなくなるのをたしかめてから、控室のドアを閉める。椅子に腰を下ろした瞬間、全身の力がどっと抜けた。

「ピューマと牛が闘ったあとは、ハイエナに蛇かよ。俺のまわりはまるで動物園だな」

自嘲しながら、汗だくの身体にシャツを羽織った。どうやら今日はシャワーを浴びる余裕はなさそうだ。予想が当たっていれば、この部屋にもうひとりやってくる――。

五分後、ノックもせずに入ってきたのは代表の石倉だった。

「予想的中……まったく、次から次へと客の多い日だぜ」

「へ、なんの話や」

きょとんとしている石倉に無言で手を差しだす。分厚い封筒に入った〈清掃費用〉を受け取り、いましがたの出来事をかいつまんで説明した。石倉はどこか上の空で、曖昧な返事ばかりしている。

なにも知らなければ、この後に控えたメインの試合を気にかけているように見えるだろう。だが——そうでないことを、俺は理解していた。

「ま、ひとまず今日はおおきに。ほんならワシは、ちょいと会場の様子を見に……」

「わかんねェんだよなあ」

立ち去ろうとした石倉の前にまわりこみ、退路を塞ぐ。

「あれほど嗅覚のするどいハイエナ野郎が、わざわざこんな地方の大会に狙いを定めるものかね」

「た、たまたまちゃうんか。そんだけオマエに執着しとんのやろ」

「だとしても、カメラマンまで手配するってなァ解せねェよ。まるで……誰かから、今日〈掃除〉があると聞いてたみてェじゃねェか」

石倉はなにも答えず、興味を失ったふうを装っている。その丸々とした顔面を思いきり摑むと、勢いよく壁に押しつけた。

「正直に言え。裏で糸引いてたなァ、お前ェだな」

「ちょ、ちょっと、そんな怖い顔せんといてくれ。オマエかて途中から気づいとったやろが」

「当然だ。なにが地下プロレスだよ、このホラ吹きが。試合の組み立てはおろか関節技も打撃も十人並みの青二才が、そんな場所で勝ちあがれねェのは組んですぐにわかった。〝どういうこった〟と首を傾《かし》げていたところに、さっきのメガネヘビの話だ。そこでピンときた。地下プロレスなんてありゃしねェとな。お前ェ、引き抜きの件を知ってやがったな。こないだやけに饒舌《じょうぜつ》だったのは、嘘を必死に隠してたってわけだ」

気圧《けお》された石倉が、しぶしぶ口を開く。

「……那賀のボンクラ、ちょいと前から手加減なしの蹴りを使うてみたり、小難しい関節技を試してみたりと、妙チキリンな試合が増えとったんや。なにしとんねん、と思うてたら突然〝退団して総合格闘技で勝負します〟なんてアホぬかしよって」

「なるほど。今日の試合で見せた下手くそなパンチも、スカウトマンにいいところを見せようってパフォーマンスか。ま、あれじゃ返り討ちに遭うのが関の山だけどよ」

俺の言葉に、石倉が大きく頷いた。

「本人は大手に声かけられて舞いあがっとったけど、ワシから見たら単なる捨て駒、誰かの生贄《いけにえ》にするつもりなんは一目瞭然やった」

「よくある話だろうが。好きにさせてやりゃいいじゃねェか、負けるのだって本人の権利だよ」

「そんなワケいくかいなッ。惨敗したら、未来のエース格で扱ってたウチの面目が丸潰れになる。これ以上ジリ貧になったら、大和プロレスは本当に終わってまうねん。な、わかるやろ。わかってくれるやろ」

すがる石倉を両手で突きはなし、シャツの裾で汗を拭く。

「若僧のこたァもういい……で、カイエナにどこまで話したんだ」

追及を逃れたと思ったのか、一瞬で石倉の顔が明るくなる。

「それやったら心配ないわ。なんも言わんと、今日のチケットを渡しただけやから。オマエが掃除屋になったいきさつは一ミリも漏らしてないし、鷹沢のことかて……」

弁解を遮り、球体の顔面を平手で思いきり張った。

「当たり前ェだこの野郎ッ。そもそも、なんでアイツにタレこみやがった。おかげで、要らねェ手間がかかっちまったじゃねェか」

石倉が、頬を押さえながら俺を睨み「保険やないかッ」と叫ぶ。

「あの男に見張られてると知ったら、オマエも〈掃除〉を慎重にするやろ。ボロを出すような真似をせんよう、保険をかけただけや」

「なァにが保険だ。退団を力ずくで封じられたと那賀に騒がれるのが嫌だっただけじゃねェか。手前ェで怪我させておきながら恩を着せようなんて、どこまで狸なんだ」

「それだけやないッ。これは……オマエのためでもあるんや」

弁明をかき消すように会場の声が騒がしくなった。大技が決まったのだろう。

歓声を無視して、涙目の石倉がまくしたてる。

「那賀が欠場したら、オマエとの因縁をこさえて復帰まで盛りあげようと思っとった。アイツはまだ未熟やけど、いずれウチの金看板になる。いや、業界のトップになる。そのトップと互角にやりあえば、オマエの最後の花道になるやろが」

「要らねェお世話だよ。それが恩着せがましいってんだ」

「オマエかてそろそろ潮時やないか。このまま続けたところで、せいぜいあと五年や。動けんようになる前に、ワシはあのころのピューマ藤戸を、もっぺん見たいんや」

「またその話かい……そろそろ帰るぜ」

熱弁を振るう石倉を手で脇に追いやり、タイツとタオルを鞄《かばん》に詰めこむ。

「なあ、メインが終わったら今後についてきちんと話そうや。言っとくけど、ワシはオマエの味方やねんぞ」

「悪ィな、野暮用があるんだ。もう行かねェと」

「こんだけ心配しとんのに、なんやねんオマエ。その用事っちゅうんは、今日やないとあかんのかい」

「駄目なんだよ」

「……鷹沢んとこか」

俺は答えない。それが答えだった。

「そら、見舞いも大事やけど……そろそろオマエ自身の人生も真剣に」

「あいつが人生を失った日から、俺の人生はなくなったんだ」

足早に控室を出る。

石倉はまだ喚《わめ》いていたが、もう俺の耳にはなにも届かなかった。

9

石倉から受け取った〈清掃費用〉をいつもどおり看護師長に預けてから、鷹沢の眠る病室へと向かう。

ドアを開けるなり人工呼吸器の音が大きくなった。ベッドを囲むチューブや機械の数は、あいかわらず減っていない。目を瞑《つむ》ったままで横たわる、かつてのライバルを見下ろし、いつものように語りかける。

「……今日、石倉に言われちまった。そろそろ潮時だってよ。参ったぜ、まだまだ、お前ェのためにいろいろやらなきゃいけねえってのになァ」

返事はない。

ふと、窓の外を見る。

水銀灯に照らされた前庭の桜は、すでに散りかけていた。

どうして、桜は毎年散るのだろう。翌年に再び咲くのだろう。

どうして、人間はなぜ散ったが最後、二度と咲かないのだろう。

「なあ……俺はどうすりゃいいんだろうな」

静かに問うたその直後、ドアノブのかすかな音が聞こえた。

看護師長か。なかなか帰らぬ時間外の見舞い客に痺《しび》れを切らしたか。

「すいやせん、もうそろそろ失礼しま……」

言葉に詰まる。

入口に立っていたのは、看護師ではなかった。

若い娘が、ドアの前で震えている。

彼女が何者か、俺は一瞬で理解した。幼いころの面影が目鼻のあたりに残っている。

最後に会ったのはもう何年前だろう。

「なんのつもり。どうして平気な顔でお見舞いに来てるの」

若い娘——鷹沢理恵《りえ》の低い声が暗い病室に響く。

「パパをこんな日に遭わせたくせに……この」

人殺し。

理恵の言葉は、その日食らったどんな攻撃よりも強く、激しく、痛かった。

第三話　三巴

ザ・トリオ

1

白い光が、見える。

夜の海へ落ちる隕石《いんせき》のように、ゆっくりと視界を縦断している。

眩《まぶ》しさに目を細めるうち、その正体が蛍光灯であると気づいた。つまりは天井が移動しているのか——違う、反対だ。こちらが動いているのだ。

定まらぬ思考を懸命に働かせ、状況を把握しようと努める。平衡感覚から察するに、どうやら自分は仰向《あおむ》けの状態で宙を舞い、後方に向かって弧を描いているらしい。

ということは、ジャーマン・スープレックスでも食らっているのだろうか。

だとしたら、受け身を取らなくては——反射的に顎を引き、呼吸を止める。直後、重心が足もとに移った。エレベーターの急降下に似た抵抗が身体《からだ》を包む。

どういうことだ、いったいなんの技をかけられているんだ。

そもそも、いま立っているのは何処《どこ》のリングなんだ。

混乱する頭で必死に考えたものの、答えは出ない。そのうち、炭酸飲料をひと息に飲んだような不快感が胃の奥から迫《せ》りあがってきた。わけがわからぬままに耐える、耐える、耐える。とうとう堪《たま》らなくなって思いきり叫ぼうとした、次の瞬間――。

「藤戸さん、終了です」

唐突に名前を呼ばれて、俺は正気を取り戻した。

白衣を着た若い男が微笑《ほほえ》んでいる。その姿をみとめるなり、数分前の光景が一気にフラッシュバックした。いつ終わるともしれぬ退屈な検査の数々、体調を崩しそうなほど不味《まず》い液体、拷問器具としか思えないアクロバティックな検査台。

そうだ、此処《ここ》は病院だ。

俺は今日、人間ドックを受けにきたのだ。

「リングじゃ……ねェのか」

浮遊感と不快感の正体がバリウム検査によるものだと悟り、緊張が解ける。途端、派手なゲップが漏れた。上品とは言いがたい音を聞きつけ、検査技師とおぼしき白衣の男が「あ、もう存分にしていただいて結構ですよ」と笑う。

「検査中にゲップしちゃうと、発泡剤を飲みなおさなくてはいけないんですけどね。いまのはギリギリセーフ。カウント2・9です」

俺がプロレスラーだと知って気を利かせたのだろうが、こちらはお寒いジョークに応える余裕などない。黙って一礼すると、安っぽい合皮のスリッパをつっかけて検査室をあとにした。

ロッカールームで私服に着替え、検査結果を聞くため待合所のソファーで順番を待つ。せわしなく行き交う看護師や患者をぼんやり眺めながら、俺は先ほどの無様な自分を笑った。

まったく、朦朧《もうろう》としながらも受け身を取ろうとするとはね。キャリアも三十年を超えると、レスラーってのは自然に身体が反応するらしい。面白いものだ。

否――問題はそこじゃない。

考えるべきは、あれほど惚《ぼ》けていた理由だ。虚脱して、文字どおり前後不覚になってしまった原因だ。

あの言葉。

およそ一ヶ月前――まさしくこの病院で鷹沢理恵に投げつけられた台詞《せりふ》が、いまも俺を捕らえているのだ。

人殺し――。

ぽつりと口にした途端、あの夜の光景が脳裏に浮かぶ。

薄暗い病室が、鮮明によみがえってくる。

2

「人殺し」

言い放った理恵のまなざしに圧《お》されて、俺は顔を伏せる。俯《うつむ》いた視界の隅に、鷹沢雪夫の顔がちらりと見えた。

俺をなじっている理恵の父親。おなじ釜の飯を食いながらともに切磋琢磨《せっさたくま》した同期。そして、十五年ものあいだ昏々《こんこん》と眠り続けている、旧友。

「あなた、人殺しなのよ」

朋友《ほうゆう》の愛娘《まなむすめ》がいっそう強い口調で繰りかえす。俺はなにも答えない。答えられない。沈黙をおぎなうように、電子機器が規則正しく鳴り続けていた。鷹沢の身体に繋《つな》がれた機械たちが奏でる、生命の火をともすためのリズム。弱々しい鼓動を思わせるその音に耳を傾けながら、唇《くちびる》を固く結ぶ。

煮えきらぬ態度に焦《じ》れた理恵が、再び口を開いた。

「ほかの患者さんに〝夜中に誰かがお見舞いに来てるよ〟って聞いて、まさかと思ったけれど……どういうつもりなの。どうして平気で顔を出せるの。治療費を肩代りすれば許されると思ってるの。パパを憎んで、恨んで、殺そうとした罪がなくなるとでも思ってるの」

物騒な単語にぎょっとして、無意識のうちに足を踏みだす。

「違うんだ。理恵ちゃん、俺は……」

「気やすく呼ばないでよ」

理恵が吐き捨てる。淡々とした、感情のこもっていない声色。

否――そうではない。逆だ。この子は心の底から俺を憎んでいるのだ。憎悪が募るあまり、感情を押し殺しているのだ。冷たく見える青い炎が高温であるように、その胸のうちは焦げついているのだ。

それでも俺は食いさがった。静かに燃える火をまたぎ、反論した。

「俺ァ、鷹沢を憎んでなんかいなかった。それだけは本当だ……頼む、信じてくれ」

静かに告げ、深々と頭をさげる。反応はない。電子音が暗闇に響くなか、時間だけが過ぎていく。

静寂は、予想外の台詞で破られた。

「……帝国スポーツ、十月十九日朝刊」

機械的な口調に虚をつかれ、顔をあげる。こちらに気を留める様子もなく、理恵は宙空を見つめながら喋《しゃべ》り続けた。

「プロレス団体ネオ・ジパングは十八日、所属選手であるピューマ藤戸の退団を発表した。藤戸は、先月三十日におこなわれた《エンペラー・トーナメント》決勝戦において、同期の鷹沢雪夫と対戦。試合は一進一退の攻防となったが、ゴングから二十分過ぎ、藤戸が放った急角度のクーガー・スープレックスで鷹沢は昏倒、直後にレフェリーがノーコンテストを告げる異例の事態となった。それから三週間近くが経《た》つ現在も、鷹沢は復帰のめどが立っておらず、ライバル不在の状況に飽き足らなくなった藤戸は、新たな好敵手を求め新天地へ旅立つ決意をしたものと思われる。若豹《わかひょう》と謳《うた》われた次代のエース、その次なる行動に注目したい。なお、同団体によれば壮行試合などの予定はないとい う……」

ひと息で暗唱を終えた理恵が、ふう、と息を吐く。

「暗記……したのかい」

まぬけな問いに答えることなく、彼女は深呼吸をしてから再び口を開く。

「完全版・プロレス必殺技超百科、百六十七ページ」

書名を聞いた瞬間、大判の表紙を飾るドロップキックの写真が脳内に浮かぶ。数年前にプロレス専門誌が出版した、マニア向けの書籍だ。

そんなものまで読んだのか。

憶《おぼ》えたのか。

呆《あき》れ顔《がお》の俺にかまわず、理恵は滔々《とうとう》と諳《そら》んじていく。

「……ジャーマン・スープレックスの変形技であるクーガー・スープレックスは、後方から相手の腕をかんぬきの要領で捕まえ、両手で相手の目を覆ったまま反り投げる、ピューマ藤戸オリジナルのフィニッシュホールドである。視界を奪われるため相手は受け身のタイミングが狂いやすく、結果的に大ダメージを負う。なかでも鷹沢戦で用いられたクーガー・スープレックスは投げの角度がきわめて鋭角で、おまけに微妙な捻《ひね》りが加えられていた。このため、鷹沢は受け身がとれず負傷し、半ば引退へ追いこまれる形となった……」

暗誦《あんしよう》が終わる。室内が、再び無機質な合唱に包まれる。

「……パパがこうなった理由を探して何百回と熟読したの。おかげですっかり内容を憶えちゃった……忘れたいのに」

寂しそうに微笑んでから、理恵が両目をまっすぐ俺に向けた。

「教えてよ。この文章は嘘《うそ》なの、さっきの記事はデタラメなの」

「いや……使い手の俺ですら感心するほど的確な解説だ。帝スポの記事も、あのゴシップ紙にしちゃあ珍しく、情報に誤りはねェ」

「だったら」

口調が心なしか強くなる。炎の青が濃さを増す。

「あなたはそんな危険な技をパパに仕掛けたってことでしょ。殺すつもりじゃなかったら、そんな非道《ひど》い真似《まね》ができるわけないでしょ」

「たしかに、理恵ちゃんがさっき」

「気やすく呼ばないでってばッ」

「……たしかに、あんたがさっき読んだ記事はどこも間違っちゃいねェ。でも、誤解しないでくれ。プロレスってなァ殺し合いじゃねェんだ。相手を憎んで闘うわけじゃねェんだ。あのときも……」

「言い訳なんか聞きたくありません。プロレスが殺し合いじゃないなら、どうしてパパは昏睡状態になっているの。十五年、眠ったままなの」

なんと答えるべきか――数秒考えてから、俺はゆっくり言葉を吐きだす。

「……プロレスの試合を観《み》たこたァ、あるかい」

「ありません。物心ついたときにはパパはもうこの状態だったから、観る気になんてなれなかった。これからも観る気なんかない。パパの人生を狂わせたプロレスも、そんな残酷なものでいまだにお金を稼いでるあなたも……私やママを苦しめるパパも、大嫌いだから」

絞りだすように呪詛《じゅそ》の言葉を吐き、彼女は両手で顔を覆った。

「だったら、お願いだ。どうか一度でいいからプロレスを観てくれ。そうすりゃ俺の発言の意味も……」

「絶対に嫌よ」

理恵がこちらを睨《にら》む。潤《うる》んだ瞳が、これ以上の説得を拒んでいた。

「わかった。じゃあせめて、せめて治療費だけはこれからも払わせちゃくれねェか」

「当然でしょ。それが、あなたのできるたったひとつの償いだもの。これからも支払いはお願いします。ただし」

お見舞いは、二度と来ないで。

それきり、理恵はなにも言わなかった。返事代わりにハンチングを深く被《かぶ》りなおすと、無言で彼女の脇をすり抜け、病室をあとにする。

そっと閉めたドアの前で立ち尽くす。

まもなく室内から「パパ……私、間違ってないよね」と、声が聞こえた。


「藤戸さん……いらっしゃいますか、藤戸さん」

しつこいアナウンスに負けてソファーから立ちあがる。頭のなかでは、あいかわらず理恵の声が反響していた。

ふと、考える。

なぜ、俺は彼女の言葉にこれほど捕らわれているのだろう。

もしや自分は告白したがっているのだろうか。あの試合の〈真相〉を説明し、誤解を解きたがっているのだろうか。

しかし、それになんの意味がある。

仮に彼女が納得したところで、鷹沢の意識が戻るわけではない。ならば、そんなものは単なる自己満足ではないか。見苦しい弁解ではないか。

止《よ》せ、藤戸。この道はお前が選んだんだ。

誰にも告げず、赦《ゆる》されず、憎まれながら消えていくと決めたんだ。

それでも、もしかしたらいつの日か——否、でも。

逡巡《しゅんじゅん》するばかりで答えを導きだせぬまま、ふらふらと診察室へ向かう。

歩みを止めさせたのは、自分を呼ぶ唐突な声だった。

「おい、ヒョウ。ヒョウじゃないか」

リングネームになぞらえた若手時代のあだ名で呼ばれ、驚く。

いったい誰だ。

訝《いぶか》しみながら振りかえった廊下のまんなかに、褐色の男が立っていた。

3

「……しかし、トクさんもあいかわらずの悪党だねェ」

「なに、聞き捨てならんな。俺は根っからの善人だぞ」

「へっ、検査結果を聞こうとしてる後輩をそのまま酒場に連れだす人間が、善人なはずァねえや」

俺の軽口に、病院で再会した褐色の男——トクさんこと徳永慎太郎《とくながしんたろう》はハイボールのジョッキを一気に呷《あお》ってから、「はン、そりゃそうだ」と目を細めた。

笑うと当時の面影がいっそう濃くなる。何度となく目にした、青二才の俺を励ましてくれるときの顔。面倒見のいい、業界一頼れる先輩の表情——といっても、徳永はレスラーではない。俺が闘う側なら彼は裁く側、レフェリーなのだ。

俺が《ネオ・ジパング》に入団したころ、八つ歳上の徳永はすでに同団体で〈名レフェリー〉として名を馳《は》せていた。プロレスの場合、〈名レフェリー〉が意味するところは、他の競技と若干違う。公正なジャッジも厳密な反則のチェックも、的確なフォールカウントさえその条件にはあてはまらない。否、必要ではあるが最重要ではないと言うべきか。肝心なのは「いかに巧《うま》く欺くか」なのだ。

プロレスファンは贅沢《ぜいたく》な人種だ。贔屓《ひいき》のスターが勝っても、試合が面白くなければ絶対に褒めない。反対に応援しているエースが負けても闘いに熱があれば、あっさり喝采を送る。嫉妬、羨望、反逆、笑い、涙——勝敗だけでは飽き足らず、その先にあるものを欲しがる。この奇妙な格闘技を愛する者は、総じてわがままで欲張りなのだろう。

しかし、選手全員がそんな期待に応えられるほど器用とはかぎらない。勝負をこなしながら客を沸かせ、笑わせ、泣かせるのは至難の業である。

そこで出番となるのがレフェリーだ。

善玉に位置づけられたレスラーのときは、マットを叩《たた》く速度を微妙に変えてピンチの場面を作ってやる。悪玉を名乗っている選手に対しては、反則行為をうっかり見逃してやる。そうすることで各選手のポジションが明確になり、試合のテーマも強調される。

つまり「客を欺く技術」が、名レフェリーには必要なのだ。

そして、徳永はそんな〈詐術〉の達人だった。ときには観客のみならずレスラーさえも騙《だま》し、緊迫感あふれる試合を演出してみせた。下手な人間が裁けば目もあてられない凡戦も、彼の手にかかれば神がかったベストバウトに様変わりする。攻撃の組み立てもままならない新人の俺が、日々のファイトをなんとかこなせたのも、大先輩の名采配に依《よ》るところが大きい。

そんな頼もしき〈詐術師〉は、リングを離れると優しい歳上の友人に立場を変えた。こちらも、しがらみだらけの先輩レスラーより、はるかに気が休まる。結果、俺らがともに過ごす時間はおのずと長くなり、共通の思い出も増えていった。失神するほど暑い真夏の道場、買い出しとコスチュームの洗濯に追われる地方巡業、バスでの移動中に後輩へ仕掛けたイタズラ。そんな回顧録の数々を、俺らは今夜回想していた。

「しかし嬉《うれ》しいねェ。命の恩人と、こうしてまた酒が飲めるたァね」

すっかり酔いどれた俺の独り言を、徳永が「はン」と鼻で笑う。昔から照れたときに見せる、彼の癖だった。

命の恩人という言葉は、けっして揶揄《やゆ》や誇張ではない。

俺は実際、この徳永にレスラー生命を救われている。


新人時代、俺は試合後のマイクアピールというやつが苦手だった。

「貴様の首を掻《か》っ切《き》ってやる」だの「明日をテメエの命日に変えてやる」だのといった歯の浮くような台詞が、どうにも馴染《なじ》めなかったのだ。

勝つか負けるか、殺《や》るか殺《や》られるか。それだけでいいじゃねェか——

いつしか若きピューマ藤戸は、マイクアピールどころか一礼すらせずリングをおりるようになっていた。命を賭けた闘いのあとに余計なものなど要らない。そんな主張のつもりだったが、リングの内にも外にも支持してくれる者はいなかった。いまにして思えば当然だ。先輩レスラーにしてみれば、叩きのめしたはずの相手が平然と退場するのだ。「お前は弱い」と言われているに等しい。観客とて、なにを考えているかわからぬ不愛想な青二才に感情移入などできない。こうして周囲の風あたりはどんどん強くなり、会場でも声援の得られない日々が続いた。

すっかりとクサっていたある日の試合後、俺は通路で徳永に呼び止められた。

「ヒョウ、お前のここ最近のファイトは悲壮感ばかり漂ってるぞ。もうすこし喜怒哀楽を技にこめろ。せめて試合後にマイクで伝えろ。あれじゃ、まるで死にたがってるみたいじゃないか」

「……別に、自分は死んでもいいと思いながら毎試合リングにあがってるんで。死を覚悟してリングにあがるのが、レスラーなんで」

ふてくされた顔でそう告げる俺を、いつもは柔和な名レフェリーが殴った。

はじめてのことだった。

「おい坊主、勘違いすんなよ。レスラーは〝生きる覚悟〟で闘うんだ。客は特攻隊や討ち死にを観にきてるんじゃない。善玉のがむしゃらさ、悪玉のしたたかさを見たいんだ。生き伸びる難しさと、それでも生き抜く逞《たくま》しさを見たいんだ。これだけは憶えておけ。試合を〈死合〉にするな。お互いの生き様をぶつけ合う〈志合〉に変えろ」

それだけ言うと、徳永は皮膚の剝《む》けた拳をさすりながら去っていった。

翌日、俺は感情をあらわに対戦相手へ食らいついた。徳永の言葉にほだされたわけではない。むしろその逆、陳腐な説教を否定してやろうと考えていたのだ。必死さを見せたところで声援など得られないことを、証明してやろうと思っていたのだ。

技術も作戦もかなぐり捨てて先輩レスラーへ突進する。いなされても転がされても、そのたびに俺は吠《ほ》えながら反撃した。もちろん結果は惨敗。泥くさく、攻防の流れも最悪の試合——と、自分では思っていたのだが。

「藤戸、今日はお前のベストバウトだったな」

マットへ突っ伏したままの俺に、対戦相手の先輩レスラーが右手を差し伸べてきた。すぐには言葉の意味がわからず、ふらつきながら起きあがる。

「アンちゃん、感動したぞ！」

「頑張れよ、応援してるぜ！」

観客が喝采していた。椅子から立ちあがり、俺に拍手を送っていた。

呆然《ぼうぜん》と会場を見わたしている俺の肩を、先輩レスラーが叩く。

「感情が伝わったんだよ。お前、いいレスラーになったな」

この試合がなければ、そして徳永の説教がなければ、ピューマ藤戸はとっくに廃業していただろう。

〈志合〉の面白さを知ったおかげで、俺の試合内容は自分でも驚くほどに変化した。ファイトが変われば、観客はもちろん業界の評価も変わる。いつしかピューマ藤戸は、将来のエース候補と目される存在になっていた。

けれども、栄光は長く続かないのが世の定めだ。やがて俺は、鷹沢との一戦が原因でネオ・ジパングを退団。数年後には徳永も幹部らの政治闘争に巻きこまれて古巣を去り、フリーのレフェリーとして活動をはじめている。

　以降、俺たちに接点はなかった。会場で顔をあわせれば簡単な挨拶こそ交わすが、それだけの関係。正直に言えば、俺が以前のような間柄になるのを避けていた。自分の〈裏稼業〉を知られないため。古い友人を悲しませないため。

　だから、こうして杯を酌み交わすなど実に十数年ぶりのことだった。そして、そんな長いブランクが信じられないほど今夜のふたりは昔のまま、青二才の「ヒョウ」と、心優しい「トクさん」だった。それが、嬉しかった。


「いやあ、トクさんは本当に変わんねェなあ。あのころのまんまだ」

　思い出話に満足げな俺を一瞥《いちべつ》し、徳永が「はン、人間そうそう簡単には変わらんよ」と笑いながら、若い女性店員に無言で空のジョッキを示し、ウインクした。店員が軽く頷《うなず》き「ハイボールひとつ」と厨房《ちゆうぼう》に呼びかける。何気ないやりとりを見ながら、俺は言葉を続けた。

「変わらねェってんなら、此処だってそうでしょうよ」

　この居酒屋『亜久里《あぐり》』も、若手時代に何度となく連れてきてもらった場所だった。串がしなるほど肉の大きい焼き鳥、七味唐辛子がたっぷりとかかっているモツ煮こみ、ハマチやマグロが小山のように積みあがった刺身の盛り合わせ。飾らないメニューも気取りのない内装も、俺らが足繁《あししげ》く通っていた当時とまるで変わっていない。

「オヤジさんが頑張ってんだよ。この二十年、値段もほとんど据え置きだ」

そのひとことで、目の前の老レフェリーが退団後もこの店を贔屓にしていたと知る。

そうか、いましがたのウインクは常連の証《あかし》か。

「二十年か……俺もポンコツのジジイになるわけだ」

深刻に聞こえぬよう敢《あ》えて大げさに自嘲する。と、ジョッキを見つめていた徳永が「なあ、藤戸」と静かに漏らした。

「お前、リングを去る日について考えたことはあるか」

「なんですかい、藪《やぶ》から棒《ぼう》に」

「どんな形でリングに別れを告げようか、その日を想像したことはないのかって訊《き》いたんだよ」

返事をしなかった。

ないといえば嘘になる。むしろ、一刻も早く去りたいと願いながら日々を過ごしている。しかし、俺がリングを去るのは鷹沢が奇跡的に目覚めたときか、自分の身体がどうにも動かなくなったときだけだ。

いつかくるその日まで、リングは自分を赦さぬよう「枷《かせ》」を嵌《は》め続ける、四角い刑場でなければならない。つい数時間前、徳永と再会する直前の決意を思いだす。

もっとも、久方ぶりに会った先輩へそんな無粋きわまる告白をするつもりはない。吐露されたところで困るだけに決まっている。

だから、俺は黙った。

無言を貫くこちらを置き去りに、老いた友人は独演を続ける。

「運命に抗《あらが》わず、引き際を見きわめてみずから幕をおろす。そういう人生は、なんて美しいんだろうとは思わないか」

「なんだよトクさん、酔ってんのか。ずいぶん酒が弱くなったなあ」

ことさらに冗談めかしてみたものの、徳永はにこりともしない。

「実は、お前が変わってないと喜んだこの店……来月たたむ予定なんだ」

いきなりの発言に思わず腰を浮かせ、店内を見まわした。カウンターから小上がりにいたるまで席はすべて埋まっている。俺の心中を察したのだろう、徳永が「原因は客足じゃないよ」と言った。

「オヤジさんも来年で七十五歳、もう体力が続かないらしい。なんとか後継者を探したんだが結局見つからなくてな……それで、引退だ」

日焼けした顔をくしゃくしゃに歪《ゆが》ませて、徳永がため息を吐《つ》く。俺は首を伸ばし、厨房の隅でせわしなく焼き鳥と格闘している店主をうかがった。

たしかに二十年前より皺《しわ》は増えてはいるものの、一見したかぎり足腰もしっかりしている。それほど急いで閉店しなければならないとは思えない。

　正直にそう告げるや、徳永が「だからこそだよ」と、首を横に振った。

「さっきも言っただろ。惨めな姿をさらしながら居場所にしがみつくよりも、自分の足で退場する……オヤジさんは、そんな信念を貫いたのさ」

「はあ」と曖昧に答えながらも、俺は戸惑っていた。この話はどこに着地するのか。彼は、いったいなにを言わんとしているのか。

「それで……だ」

　徳永が、カウンターに置かれていたワンカップの空瓶へ左手を伸ばした。

　皺だらけの指——変わっていないと笑い合ったばかりなのに、時の流れの残酷さを、否《いや》が応でも実感させられる。

「お前さんに、頼みがある」

　老レフェリーは、太い指で瓶に飾られた一輪の花をつまみ、俺の前へ静かに置いた。

　埃《ほこり》をかぶった紙製の花びら。安っぽいプラスチックの茎。

　これは——造花だ。

　イミテーション・フラワー。鮮やかな偽物。華やかな嘘。つまり——プロレスラー。

〈掃除屋《クリーナー》〉への依頼状だ。

「……なんの真似ですかい」

「俺も業界じゃそこそこ古株なもんでね、いろんな情報が入ってくる。お前がネオを飛びだしてから、どう生きてきたか。それなりには知っているつもりだ」

予想外の展開に動揺しながら、口を開く。

「……もしも、俺がトクさんの思っているような人間だと仮定して、ですぜ。相手は誰ですかい」

「俺だよ」

目を丸くしながら、すでにビールを飲み終えていた幸運をひそかに感謝する。ジョッキを呷っている最中だったら、琥珀色《こはくいろ》の噴水をカウンターへぶちまけていただろう。

「藤戸、頼む。俺を壊してくれ。リングからおろしてくれ」

徳永が頭を下げる。

俺は聞こえなかったふりを装い、一本だけ残っていた焼き鳥の串にかぶりついた。すっかりと冷えた鶏肉《とりにく》とねぎをビールで流しこむ。そのあいだに、目の前の大先輩が「冗談だよ」と笑いだしてくれるのではないか──そう願ったのだ。

しかし、神様は懇願を聞き届けてくれなかったらしい。徳永は寂しそうな微笑みのまま、いつまでもこちらを見つめていた。

しぶしぶ覚悟を決めて、訊《たず》ねる。

「理由を、せめて理由を教えちゃくれませんかい」

「病院で再会した……といえば、もうわかるだろ」

息を呑《の》む。示しあわせたように、店内に流れている演歌が終わった。

「あと半年で……そう医者に言われたよ」

「それは……つまり」

俺の言葉を徳永が手で制する。続く台詞を待てず、質問をかぶせた。

「だからって〈掃除屋〉に壊される必要なんかねェでしょう。普通に引退したほうが、残りの人生を」

「踏ん切りがつかねえんだよッ」

ちいさく叫んで、徳永がカウンターを拳で叩いた。

ジョッキが軽く跳ねる。小鉢が踊る。

「俺はお前たちレスラーと違って、最後の花道もテンカウントのゴングもない。区切りがないと甘えちまうんだ。あと一日だけ、あとワンマッチだけ。そうやって自分も周囲も誤魔化しながらずるずる居座っちまう。もういいやと思えるきっかけが欲しいんだ。諦める材料が必要なんだ。だから、俺はお前に介錯《かいしゃく》をしてもらいたいんだ」

「介錯だなんて……まるで、まるで俺を使った自殺じゃねェか」

否定も肯定もせず徳永は目を伏せている。堪らずに、叫んだ。

「トクさんッ、さっき言ったじゃねェですか。俺ァあんたに説教かまされてリングに踏みとどまったんだ。試合は〈志合〉だって言葉を、心のどこかで拠《よ》りどころにしてきたんだ。それを教えてくれたあんたが死にたがってるってなァ、どういうこった」

質問をはぐらかすように、旧友はひとこと「頼む」とだけ言った。

「きっちりアクシデントに見せてくれれば、方法はなんでもいい。腕を折っても足を砕いてもかまわない。俺はいつもどおり、きっちりとレフェリングをするだけだ」

「……高くつきますぜ」

俺の言葉に頷いた直後、先ほどの女性店員が笑顔でハイボールを運んできた。ジョッキを受け取った徳永が、わざとらしく表情を明るくさせる。

「そうだ、顔面だけは勘弁してやってくれねえか。このツラが好きだ、って物好きな姉ちゃんも世の中には居るんでな」

そう言うと、徳永は女性店員へ再度おどけたウインクを送った。なにも知らない店員が、にこやかに愛想をかえす。

再会を祝しての宴《うたげ》は、そこでお開きになった。


店を出て、駅までの道を無言で歩き、改札で背中を見送って——どれほどの時間、その場に立ち尽くしていたのだろう。ズボンの振動で、俺はようやく我にかえった。

ポケットから携帯電話を取り出すと、メールの着信を告げる表示が点滅していた。題

名が空欄のメールにはたった一行、

「明日来い、殺す」と書かれていた。

4

「お、逃亡犯が殺されにきたか。いい覚悟だ、そこに立ってな」

診察室に入るやいなや、奈良がダーツよろしくボールペンを投げつけてきた。朝いちばんの挨拶にしてはあまりに過激だが、それでもこの女医にしては優しいほうだ。

奈良宏美——昨夜の不穏なメールの送り主。俺の主治医であり、鷹沢を担当する名医。さらにつけ加えるなら、昨日の人間ドックに無理やり送りこんだ辣腕の持ち主にして、端整な顔立ちにはまるで似合わぬ暴言の使い手でもある。

つまりは、俺がまるで頭のあがらない〈天敵〉だ。

そんな美しすぎる天敵に向かって、俺は必死の抵抗を試みた。

「いや、昨日はちょっと事情がありやして……それより、もうすこし色気のあるメールを送ってくださいよ」

台詞が最後まで終わらぬうちに、二本目のボールペンが飛んできた。

「色気のない話をするために呼んだんだ。検査の結果も聞かずに逃げた人間が、一丁前に文句なんか垂れるんじゃないよ」

「だから、昨日は古い友人と……」

「で、体調は最近どうだい」

言い訳にまるで耳を貸さず、奈良がボールペンの代わりに質問を投げつけてくる。しかし、その声にはあまり覇気が感じられない。

「あいかわらず膝はガタガタ、腰はボロボロ、おまけに今日は二日酔いで、オツムもフラフラでさァ」

ふざけた返答にも奈良は「ふうん」と相槌《あいづち》を打つだけで、悪態ひとつ口にしない。いつもなら寿命が縮むほどの罵詈雑言《ばりぞうごん》が束になって浴びせられるというのに、今朝の暴君はどうにも歯切れが悪かった。

不安と沈黙に耐えきれず、俺は再びちょっかいを出す。

「ずいぶん大人しいですね。口を閉じてる所為《せい》で、なんだかいつもより美人に……」

「単刀直入に言うよ」

口調が変わる。思わず椅子に座りなおした。

「食道あたりに影が見える」

「俺の……ですかい」

「あんた以外に誰が居るのさ。脳味噌《のうみそ》を待合室に置いてきたのかい」

いいえと言うのもなんだか間抜けな気がして、そのまま口を噤《つぐ》む。

「昨日、あんたのCT画像を読影したんだ。まあ、腫瘍マーカーなんかはまだ結果がでてないから、全部の数値を見ないうちはなんとも言えないんだけど……あの影の具合だと、再検査が必要だろうね」

それきり奈良は再び沈黙した。

羽音を止めた女王蜂は怖い。思わず前のめりになって訊ねる。

「ちゃんと説明してくださいよ。再検査ってなァ、なんですかい」

「あんたの場合はまず、胃カメラを飲むことになるかな。場合によっては超音波内視鏡、いわゆるエコーを見たり、組織を採取するかもしれないね」

「つまり……それは、かなり悪いってことですかい」

「医者が断言するのはよろしくないんだけどね。正直、良くはないと思う。結果いかんでは、今後の生き方も考えなくちゃいけない」

生き方——不穏な単語を耳にした途端、徳永の顔が脳裏に浮かんだ。

昨日まで他人《ひと》ごとだった言葉。老レフェリーの告白を聞いたあとですら、自分には無関係としか思えなかった単語。それがいつのまにか自分のすぐそばに居る。背後に立ち、俺を羽交い締めにしている。

バリウム検査で味わった浮遊感——見えない相手に食らった投げ技を思いだす。

宙を舞った身体は、いつ、何処に叩きつけられるかを知らない。不安を抱えたまま〈その瞬間〉を待ち続けなくてはならない。それは怖い。あまりに恐ろしい。ならばいっそのこと、ひと思いにとどめをさしてほしい――直後に、悟る。

嗚呼《ああ》、そうか。

トクさんが言ってたなァ、これか。この気持ちか。この不安か。

「そうだよなァ……そりゃ、殺してほしくもなるよなァ」

ぽつりと漏らした俺の顔を、極悪女医が怪訝《けげん》そうに覗《のぞ》きこんだ。

「なんだい、ずいぶんとビビってるじゃないか。まあ〝よく調べたら問題ありませんでした〟ってケースもゼロじゃない。いまから過剰に怯《おび》える必要はないよ」

奈良が淡々と諭す。とうてい慰めているとは思えない冷徹な口調が、かえって心に響いた。弱音を吐きたい内心を見透かされぬよう、俺は再び虚勢の殻をかぶり、冗談めかして笑う。

「別に怯えてなんかいませんや。なにかの間違いに決まってますから。なんたって、こちとら頑丈だけが取り柄なんでね」

「わかってないね、あんたも」

天敵が、いつもの口ぶりに戻る。

「一度も事故ったことのない軽自動車と、週に一度は横転するダンプカーだったら、どっちが長持ちすると思うんだい。あんたは傷だらけのダンプだ。このままじゃ遠からずブッ壊れちまうのさ。けれども、これは自分の人生と向き合うチャンスでもあるんだよ。自分だけじゃない、鷹沢との向き合い方だって……」

「うるせェな、壊れてもかまわねェってんだ」

説得を遮るように叫んで椅子から立ちあがる。

これ以上なにも聞きたくなかった。答えたくなかった。考えたくなかった。奈良の視線を振りきろうと、抗弁を続ける。

「傷だらけのダンプカーになる人生を選んだなァ、俺自身なんだ。とっくに死ぬ覚悟はできて……」

言い終えるよりも早く目の前に火花が散り、俺はぶざまに床へと転がった。顔面を押さえながら起きあがると、奈良が仁王立ちでこちらを見おろしていた。

「……ひとつだけ教えといてやる。〝死ぬ覚悟〟なんてフザけた言葉、医者の前では二度と吐かないほうが身のためだよ」

顔を紅潮させ、女神が激昂《げきこう》する。

「あたしが言ったのは〝生きる覚悟〟なんだよ。命の火を燃やして、闘い続ける覚悟なんだよ。なんだい、命がけのリングでおまんま食ってるくせに、その程度の道理も理解できないのかい。なら、とっとと引退しちまいな」

一気に吐き捨て、奈良が椅子を蹴り飛ばす。

生きる——覚悟。

その言葉は、かつて徳永に食らった説教とおなじものだった。

なのに、なぜだろう。いま俺は、理恵の顔を思い浮かべている。

彼女に伝えたかった真意。その尾っぽがちらりと覗いたような気がした。おぼろげだった輪郭が、わずかに明瞭《はっき》りしたような感覚があった。

「……技も謎も、解けねェまんまってのが俺ァいちばん嫌いなんだ」

独りごちて、ズボンをはたきながら立ちあがる。不快な浮遊感は、いつのまにか薄れていた。

「なんだい、骨折ひとつしてないのか。頑丈すぎてつまんないね」

舌打ちする奈良に苦笑しながら頭を下げ、診察室の出口へ向かう。

「どうせ再検査の希望日時を聞いたって、なんだかんだと理屈をこねて来ないだろ。こっちで勝手に決めとくから、今度は逃げるんじゃないよ」

「逃げませんや」

後ろ手にドアを閉めながら、呟《つぶや》いた。

そう、逃げなどしない。

そもそも何処へ逃げればいいのかわからない。

逃げられないのならば向き合うしかない。自分に、徳永に、理恵に、そして、鷹沢に。すべての答えはリングの上で探すしかない。俺はそれ以外に探す場所を知らない。

試合——否、命を賭けた〈死合〉で見つけるしかない。

そうと決まったら——闘《や》るか。

痛む鼻をさすりながら携帯電話を取りだし、通話ボタンを押す。

「おう、久しぶりだな……さっそくだが、試合を組んでくれや」

5

「おい」

花道の袖に立つ上等なスーツの背に、俺は躊躇《ちゆうちよ》せず蹴りを叩きこんだ。

「痛《い》でッ……ちょ、藤戸先輩」

スーツの主にして業界二位のプロレス団体《XXW》代表、古巣時代の後輩である羽柴誠が、顔をしかめて俺を睨む。

「非道いじゃないですか。参戦させろと脅すわ、そのくせ会場入りはギリギリだわ、ようやく着いたと思ったら蹴り飛ばすわ……いったいなんの真似ですか」

「そらァこっちのセリフだ。おい、この謳い文句はなんなんだい」

羽柴の鼻先に、入口で引っぺがしてきた大会のチラシを突きつける。毒々しいイラストの脇には、俺の顔写真とともに《卑劣なイス職人再び！》なる真っ赤な文字が書き殴られていた。

前回参戦した際、俺がイスを利用して対戦相手を負傷させたことに由来するネーミングなのだろうが、それにしてもあまりにセンスがない。いかにも話題性を重視する、昔から派手好きの羽柴らしい言葉のチョイスだ。

「これじゃ、まるで俺がぼったくりの悪徳家具屋みてェじゃねェか」

「いいじゃないですか、家具屋はともかく悪徳は間違いじゃないでしょ」

「なんだと」

拳を握って身構えた俺を、羽柴が「そ、そもそもですね」と制する。

「二週間前に電話してきて、試合を組ませるほうが無茶でしょ。こんな急ごしらえのワンマッチに注目を集めさせるなら、これくらいの煽《あお》りは必要なんですって」

「俺ァ試合させろと頼んだだけだ。別に注目を集めてくれなんて依頼しちゃいねェよ」

「団体を運営する身としてはそうもいかないんですッ。まあ……あいつの復帰戦かつ遺恨試合って形にできたんで、結果オーライですけど」

「だったら文句抜かすない。ま、きっちりギャラ分の仕事はしてやらァ。安心しとけ」

肩を叩いて入場口へ足を進めようとする俺の前へ、羽柴がまわりこむ。

「あの、最後にもう一度だけ聞きますけど……今日は本当にウチの選手をお釈迦《しやか》にはしませんよね。困るんですよ、あいつはいまや……」

「クドいなお前《め》ェも。ちょっくら小遣いが欲しくなっただけって言ったじゃねェか。そんなに俺を信じられねェのか」

「当たり前じゃないですか」

あっさり断言した後輩をもう一度蹴りつけてから、俺は持参したパイプ椅子を摑《つか》み、袖口で入場曲を待った。

眩《まばゆ》いライトと轟音《ごうおん》のなか、大ブーイングに包まれながら花道を歩く。

リングでは、すでに今日の対戦相手である《XXW》の若きエース、〈若武者〉こと葛城アキラが待ち構えていた。

葛城は半年ほど前、俺の手で欠場に追いこまれている。

彼自身が悪事を働いたわけではなかったが、なりゆきで〈掃除《クリーニング》〉せざるを得ず、パイプ椅子を使って肩を脱臼させた。おかげで俺はいま、稀代《きだい》の大悪党〈卑劣なイス職人〉として、彼の復帰第一戦を観にきた葛城ファンの若きご婦人たちから、一身に罵声を浴びているというわけだ。

ロープをくぐってリングにあがる。「帰れ」コールの合唱がひときわ大きくなった。

「馬鹿野郎、俺だって帰りてェよ」

無意識に呟く。本音だった。

〈掃除〉は、試合に負けたうえで相手を壊すのが鉄則だ。だが今回はいつもと違い、〈清掃物件《ダスト》〉と〈対戦相手〉が別人と来ている。つまりは三つ巴《みどもえ》戦、ふたりと同時に闘うようなものだった。

ひとりでも面倒な〈掃除〉、さらに手間がかかるなど悪夢でしかない。

「厄介な依頼をしてくれたもんだぜ、トクさんも」

葛城から視線を逸《そ》らしてリングの隅に立つ徳永へ、非難のまなざしを向ける。タイミングを見はからったように、リングアナウンサーがマイクを握った。

「なお、この試合は前回の対戦において、ピューマ藤戸選手がおこなった反則行為を重く受け止め、その対策として、厳正なジャッジで知られる徳永慎太郎氏に特別レフェリーをお願いしました」

拍手に応え、ぎこちなく四方に礼をする徳永を眺めながら、俺は《XXW》を舞台に選んだおのれの慧眼《けいがん》にほくそ笑んでいた。

〈掃除〉を警戒している羽柴のことだ、不穏な試合を組むとなれば俺に睨みを利かせられる業界の先輩、加えてジャッジに定評のある徳永を起用するだろうと踏んだのだ。

あんのじょうドンピシャ。持つべきものは単純な後輩だぜ。

と、俺のにやけ顔を自分への挑発とでも思ったのか、葛城が憮然《ぶぜん》とした表情で歩み寄ってきた。

「笑ってんのもいまのうちッスよ。借り、返しますんで」

良い目をしていた。

〈匕首《あいくち》〉を隠し持っている男の目だった。

返事代わりに頬を軽くはたいてやる。怒りでまなじりを痙攣《けいれん》させる葛城に気づき、徳永がふたりのあいだに割って入った。若武者をじっと見据えたまま、俺は小声で徳永に問いかける。

「本当に、いいんだな」

答えはなかった。それが答えだった。

ゴングが鳴る。

大きな円を描くように時計まわりでリングを歩きながら、じりじりと間合いをはかっていく。いざ葛城と組みあうなり「おお」と声が漏れた。

欠場前よりも下半身の厚みがあきらかに増している。怪我《けが》を負った身でこれだけ筋肉を増やすには、よほど過酷なトレーニングをこなしたに違いない。面倒な仕事を抱えていなければ、じっくり相手をしてやりたい〈ご馳走《ちそう》〉だ。

「ま、しかたねェ。今日は試食で済ますかね」

葛城の指を一本、さっと捕まえるや関節と逆向きに曲げた。すかさず徳永が「反則、ワン！　ツー！」とカウントを取る。ふてぶてしいジェスチャーで両手を離すなり、ジャッジを讃《たた》える拍手と俺へのブーイングが同時に起こった。

「なにが名レフェリーだよ、この老いぼれが」

徳永へにじり寄り、顎を突きだして挑発する。

確認のつもりだった。やるぞ、と行間で訊いていた。

それが失敗だった。

葛城が一瞬の隙をついて俺の手首を捕らえ、すばやく背後にまわると腕をねじった。ハンマーロック。逮捕術などでも使用される関節技だ。痛みに呻《うめ》きながら俺はひそかに感心していた。肘を曲げる方向、力の入れ加減、身体を密着させるタイミング。どれも欠場前より上達している。どうやら鍛えあげたのは肉体だけではないらしい。

「でも……まァだ優等生なんだよなァ」

囁《ささや》いてから、葛城の足の甲を思いきり踏みつけた。激痛に負けて技をほどいたところをヘッドロックに捕獲する。頭を抱えられた葛城が数歩後退し、反動をつけてから俺をロープへ強引に飛ばした。くるりと反転し、しなるロープに身体を預け、ショルダータックルを狙ってダッシュする——そこに、逆水平チョップが待っていた。

会場がどよめくほどの重い破裂音。

呼吸が止まる。上半身が痺《しび》れる。悶絶《もんぜつ》しながら、転がってリング外へ退避する。

不味《まず》い。予想していた以上に一発が重い。

以前、葛城に食らった逆水平チョップもなかなかどうして強烈だったが、今回は強さの桁が違う。まるで鉄の鞭《むち》だ。力まかせに打つのではなく、ダメージが増すように手首のスナップを利かせている。

ペースを握りなおさなくては。

疼《うず》く胸を押さえながら、場外で体力の回復を待つ。と、その姿をみとめた徳永が、場外に向かってカウントを取りはじめた。

「このくらい見逃しとけよ……本当に律儀だな、この老いぼれめ」

このままでは二十を数えた時点でリングアウト、あっさり俺の負けになってしまう。さりとてまだ痛みは残っている。無策でリングへ戻れば、若武者の餌食になるだけだ。

反撃の糸口を求め、俺は青コーナーの下へ立てかけておいたパイプ椅子を手に、リングへと戻った。こいつを食らえば猛攻も止まるはずだ。そのあとで、じっくり作戦を練りなおせばいい。

だが、そんな計画はあっさりと瓦解してしまった。徳永が椅子を目ざとく見つけ、あっというまに俺の手からもぎ取ってしまったからだ。

「てめッ、なにしやがる」

「凶器は反則だ！」

「……おい、誰ンためにやってると思ってやがんだッ」

小声で告げるものの徳永は意に介さず、椅子を爪先でロープ外のエプロン部分に蹴り飛ばしてしまった。怒りのあまり、その背中を睨みつける。

二度目の失敗。堅物レフェリーに気を取られての油断。

気づいたときには、目前に巨大な足の裏が迫っていた。

しまった、ドロップキックか——とっさに両腕で顔面をかばう。

無駄だった。

風圧に続いて身体に衝撃が走る。次の瞬間、俺はゴム毬《まり》よろしく弾《はじ》き飛ばされ、マットに転がっていた。起きあがろうとするものの、激痛と痺れで身体が動かない。大の字のままカクテルライトに照らされながら、俺は葛城の成長に驚いていた。

あれほど打点が高く、体重の乗ったドロップキックはベテランでもなかなか難しい。なるほど、逞しくなった下半身はこの技の切れ味を磨くためか。これが〈匕首〉か。

ふと、気づく。

自分を信じ、頑《かたく》なに強さを求める——葛城は、まるで過去の俺だ。

死ぬ覚悟を胸に日々を駆ける、希望という名の亡霊だ。

ならば、対する徳永は未来の自分だ。

自分にも遠からず訪れる最期の瞬間を予見させる、絶望という名の死神だ。

変えようのない過去と、避けようのない未来が相手だとしたら。

勝てるはずがないじゃないか。

力が脱ける。気持ちが緩む。

もう終わろう。このまま静かにゴングを、死を待とう。

「すまねえ、トクさん……約束は守れねェみてェだ」

横たわりながら、傍らでダウンカウントを数える徳永の足をぼんやり見つめる。

「ん」

違和感をおぼえた。

なにかがおかしい。しかし、その正体がわからない。

この違和感は、いったい。家のドアに挿しこんだ鍵が合わないようなもどかしさ。その正体を求め、懸命に考えをめぐらせる。

やがて、いっこうに蘇生しないロートルに苛立《いらだ》った葛城が、俺の髪をつかんで無理やり引き起こした。背中を担がれ、足が浮く。下半身が浮遊感に見舞われる。景色が猛スピードで流れていく。天井の照明が、ゆっくりと視界を縦断している。

ジャーマン・スープレックス——スタンダードながら強烈な、王道の投げ技だ。

もしかしたらあの日に検査室で見た幻は、この風景だったのだろうか。避けられぬ運命を告げていたのだろうか。

鍵が開きかけたと思ったが――此処までか。

運命だったら、仕方ねェよな。

諦めて顎を引いたと同時に、マットへ叩きつけられる。肺の空気が一瞬で空になり、体温が、すうっ、と下がった。すばやく這《は》いつくばった徳永が、左手を振りかぶってカウントを数える。

「ワン……ツー……」

マットを叩く手にちらりと目を遣《や》った直後「あ」と、再び声が漏れた。

鍵が、かちりと音を立てる。ドアが開く。

「……そういうことかい」

葛城をカウント2・9で跳ねかえし、ゆっくりと立ちあがる。

身体の芯に火が点《つ》いていた。胸の奥のエンジンが震えていた。

時化《しけ》こんでいた自分が馬鹿馬鹿しくなり、思わず笑みがこぼれる。俺の変化に驚いて、葛城がわずかに後ろへ退《さ》がった。その隣では、徳永が両者の動向を見守っている。

「おい、亡霊と死神……なめんなよ」

葛城が俺の〈過去〉ならば。

徳永が俺の〈未来〉ならば。

いまを懸命に生き抜いている自分が、むざむざ敗れるわけにはいかない。

それは過去への冒瀆《ぼうとく》だ、未来への非礼だ。

俺は俺自身の意思で負けるのだ。希望も絶望も、自分の手で摑むのだ。

それが——生きるということだ。

両手で頬を叩いて、深く息を吸う。

「あいかわらずしょぼい攻撃だなあ。蚊に刺されたみてェだ」

観客へ聞こえるように、わざと大声で罵る。若武者の目が再び尖《とが》った。

「ッんだと……ナメんな、ジジイ！」

葛城が勢いよく飛びかかるや、エルボーバットを顎に打ちこんできた。二度、三度、
怒りの連打は止まらない。チョップ以上に重い。脳が震える。飛びそうになる意識を、
必死に奮い立たせる。

まだだ、まだ堪《こら》えるんだ、藤戸。あとすこし、あとすこし。

五発目、六発目——七発目のエルボーがわずかに急所を外れた。

よしッ、さすがに疲れてきたな。

よろめくふりをしてロープ際に転がったままのパイプ椅子を拾いあげ、打ちつけてきた葛城の肘を座面で防ぐ。鈍い金属音が響き、葛城が腕を押さえて頽《くずお》れた。

「ナイスディフェンスだったろ、若僧」

丸めた背中へ近づき、手にした椅子を思いきり打ちつける。苦痛に顔を歪めて、若きエースがマットに転がった。

「ピョンピョンと鬱陶しいんだよ、二度と跳べねえアンヨにしてやらァ！」

がら空きになった足へ椅子の角を何度も何度も突き立てる。

天井を破らんばかりに観客の悲鳴がこだまする。怒声が会場いっぱいにとぐろを巻く。

と、座面で殴打しようと椅子を持ちなおした刹那、徳永が背後から俺にしがみつき、悪行を必死で止めにかかった。

「藤戸、椅子を捨てろッ。カウントファイブで反則負けだぞッ」

満場の拍手を浴びる名レフェリーを振りほどき、椅子で威嚇する。それでも徳永は気《け》圧《お》されることなく、反則のカウントをはじめた。

「ワンッ！　ツーッ！　スリーッ！」

数に合わせて呼吸を整える。フォーと叫ぶ直前、

「トクさん、あばよ」

囁いてから、俺は葛城に向きなおった。

折りたたんだパイプ椅子を両手で高々と掲げる。客席から再び悲鳴があがった。

「終、わ、り、だあッ！」

啖呵《たんか》とともに椅子を振りおろそうとした瞬間、それまで朦朧としていた葛城の目に光

が戻った。

「せいッ！」

短い叫びとともに若武者が垂直に跳び、俺の頭上よりも高く舞った。

二度目のドロップキック——予想どおりの展開だ。

心のうちで自分に喝采を送りながら、迫るリングシューズの距離をじっと見定める。もうすこし、もうすこし。あと三ミリ、二ミリ。ヤツの膝が伸びきる直前、俺は指の力をわずかに緩め、首を下げた。

強い衝撃と同時に、椅子の感触が手から消える。

背後で鈍い音が響き、場内が、しん——と静まった。

衝撃の余韻に痺れる手を押さえながら、ゆっくりと振り向く。

視線の先で、徳永がよろめいていた。

額が横一文字に裂け、あふれた血で顔いちめんが真紅に染まっている。足もとには、歪んだパイプ椅子が転がっていた。

ふらつく徳永と目が合う。血だるまの名レフェリーは、たしかに一度頷いてから「……ファイブ！」と叫んでその場に崩れ落ちた。

リングアナがゴングをけたたましく打ち鳴らし、俺の反則負けを告げる。リングに駆けあがるセコンド、悔しさでマットを何度も殴打する若きファイター。

騒然とするリング上を横目に、俺はパイプ椅子を肩に担いでロープをまたいだ。

「卑怯者《ひきようもの》、さっさと死んじまえ！」

「お前なんか二度と来るんじゃねえ！」

非難轟々のなか、投げつけられる空き缶や傘を笑って受け止めながら、悠々とバックヤードへ向かう。花道の終わり際、足を止めてリングを見ると、まさに徳永が担架で運びだされるところだった。

カクテルライトの眩しさに目を細めてから、呟く。

「俺を一級品の悪玉に仕立ててくれたな……トクさん、あんたァ最後の最後まで〈名レフェリー〉だったぜ」


控室の長椅子に横たわったまま鎮痛剤をかじっていると、ノックに続いて羽柴誠が顔を見せた。慌てて半身を起こし「トクさんの容態はどうだい」と訊ねる。

「病院に付き添っている若手から連絡が入りました。意識はあるそうで、軽い脳震盪《のうしんとう》みたいですが……検査結果が出ないと、詳細はなんとも」

「いずれにせよしばらくは休場だろうな。負傷箇所や年齢を考えれば、もしかするとこのまま……」

俺の言葉に、羽柴が「あ」と目を見開く。

「藤戸先輩……まさか、狙って椅子をぶつけたんじゃないですよね。もしかしてこの試合は、やっぱり〈掃除〉なんじゃ」

摑みかからんばかりに近づく羽柴の顔を手で押しのけ、長椅子から立ちあがる。

「忍者の手裏剣じゃねェんだ、そこまで器用な真似ができるかい。そもそも、椅子をブッ飛ばしたのはお前ェんとこの若い衆だろうが」

「た、たしかに……」

意気消沈する羽柴の様子があまりに耐えがたく、俺は背を向けた。悲しかったからでも怒っていたからでもない。笑ってしまいそうだったからだ。

どこまでお人好《ひとよ》しなんだ——狙ったに決まってるじゃねえか。

対戦相手の体重と技の種類、角度、スピード。それがわかればパイプ椅子を巨大な手裏剣に変えることなど容易《たやす》い。おまけに今日は、葛城がドロップキックに絶対の自信を持っていた。自信はほんのすこし舵《かじ》を誤るだけで慢心に変わる。隙だらけになる。そんな相手を操るのは造作もないことだ。

まあ——あれほどきれいに激突するとは思っちゃいなかったがね。

内心を悟られぬよう、努めて深刻そうな口ぶりで羽柴に話しかける。

「回復したら、トクさんにまとまった見舞い金を包んでやんな。あの兄ちゃんにも、〝気落ちすんな〟と伝えといてくれ。あいつに責任はねェ」

「……トクさんも葛城も、できるかぎりフォローするつもりです」

アクシデントをまるで疑わない羽柴に胸を撫《な》でおろしつつ、俺は考えていた。

さて——謎解きはいつにしようか。

ドアをこじ開けたからには、なかを覗かないわけにはいくまい。

6

帰宅するサラリーマンの群れをかわしながら、まだ明るい繁華街を歩く。飲屋街の手前にある角を曲がり、小径《こみち》へ入った。

あんのじょう、つきあたりに居を構える『亜久里』には煌々《こうこう》と灯《あか》りがともっていた。徳永の話が真実ならとっくに店をたたんでいるはずだが、赤提灯《あかちょうちん》には火が入っており、新調したとおぼしき暖簾《のれん》からはかすかに糊《のり》のにおいが漂っている。

深呼吸をしてから、勢いよく入口のドアを引く。

店に入るなり「ああ、すいませんねえお客さん」と、威勢のいい声がした。

「開店は六時からなんで、もうちょっとお待ち……」

台詞半ばで、カウンターを拭いていた店主が褐色の顔を強張《こわば》らせる。

「お前さんか……」

店主――徳永慎太郎は照れくさそうに、額の生々しい傷を掻いた。

「……ヒョウ、あの試合から何日経ったんだっけ」

「今日でちょうど、二週間でさァ」

「そうか。じゃあ、ずいぶん早く見つかっちまったわけだ」

「説明してもらえるかい、トクさん」

「なにを説明しろってんだ。もう全部わかってるだろ」

「冗談じゃねェ、いまだに謎だらけだよ。いろいろと考えたあげく、推理が正しいのかどうか答え合わせにきたってわけさ」

「ほお、そいつは楽しみだ。教えてくれよ、まず謎ってのはなんだい」

愉快そうに微笑む徳永へと近づき、真っ白な靴を爪先でちょこんと蹴る。

「この靴だよ。あんたがあの日履いていたのは、こいつ。いわゆるコックシューズだ。油や水で汚れている床で滑らねェための靴だが、名前のとおり調理人向け、常識的に考えりゃ、レフェリーが使う代物じゃねェ」

説明に頷いていた徳永が、大声で笑う。

「なるほどねえ。だが、リングでコックシューズを愛用する物好きがいたって、別におかしくはないだろう」

「ああ、その時点じゃあ、クエスチョンマークが浮かんだだけだった。本当に妙だと思ったなァ、そのあと。ジャーマンを食らったときさ」

「おやおや、なにが妙だったんだい」

白々しく首を捻る徳永の左手首をがっしりと摑む。

その指には、絆創膏《ばんそうこう》がいくつも巻かれていた。

「こないだ、この店で会ったときァ絆創膏なんざ貼ってなかっただろ」

「へえ、よく憶えてるもんだ」

嘯《うそぶ》く名レフェリーを睨みつけ、「レスラーの観察眼を舐《な》めてもらっちゃ困るぜ」と吠える。

「ところが試合当日、あんたの左手の指はテーピングでぐるぐる巻きになっていた。選手ならともかくレフェリーがテーピングってなァ聞かねェ話だ。そこでピンときた。これは傷を隠してやがるんだ……とな。指先を痛める怪我と言ったら、包丁と相場が決まってらァ。コックシューズに包丁の傷……どう考えても、〈掃除〉の依頼はこの店と関係がある。そう踏んだのさ」

しばらく沈黙してから、徳永が観念した様子で「いやあ、お前さん名探偵だよ」と手を叩いた。

「拍手なんかいらねェよ。さあ、真相を教えてくれ。まず、コックシューズはなんの真似だい」

「あの日、俺はこの店の仕込みを手伝ってから時間ギリギリに会場へ駆けつけたんだ。服はあらかじめ着こんでいたが、うっかり靴を忘れちまってな。誰も、足もとなんざ気づかないだろうと高をくくっていたんだが……甘かったな」

「靴は分かった。じゃあ、手の傷についても説明してもらおうか」

詰問された大先輩が、「恥ずかしい話だがよ」と頭を掻く。

「先代のオヤジさんに弟子入りしてな、ここ最近は慣れねえ包丁をずっと握っていたのさ。いや、簡単に見えて難しいもんだぜ。なんべん、刺身に添えた左手をスパッとやっちまったかわからねえ。この傷は、名誉の負傷ってやつだよ」

徳永が再び大口を開けて笑う。

俺はにこりともしなかった。笑う気になどなれなかった。

「つまり……あんたァ引退後にこの店を継ぐつもりだったってことか」

「いや、決めたのは最近だ。前から閉店の話は聞いていたが、どうすればいいものか策が浮かばなくてよ。そんなとき、お前さんを病院で見かけて、その瞬間に青写真を描いたんだ。それで翌日、此処へ顔を出して〝俺に任せてください〟と告げたのさ。オヤジさんは泣いて喜んでたぜ。厨房の設備から秘伝のタレのレシピまで、いっさいがっさい譲ってくれてな。おかげで、予定よりもはるかに早くリニューアルオープンできた……と、まあそういうわけだ。万事解決、めでたしめでたしだ」

「めでたくねえよ、この野郎ッ」

老獪《ろうかい》な店主を怒鳴りつけ、椅子へと腰をおろす。

「なにを怒ってるんだ、単純な話だろ。第二の人生をこの店で迎える気になった。で、無事に開店した。それだけじゃねえか」

「店を継ぐだけなら、黙ってリングから去りゃあいいだろうが。どうして俺に〈掃除〉までさせる必要があったんだ」

「そりゃおまえ、保険金《ゼニ》だよ」

「ああ……なるほど」

瞬時に悟った。

危険と常に隣り合わせのプロレスラーが加入できる傷害保険は、きわめて少ない。おまけにいざ加入できても掛け金は高く、支払われる額もけっして多いとはいえない。それは、レフェリーとて同様だ。命を削る職業の宿命だが、理不尽さは拭えない。

「つまり……きっちりゼニをもらうために〈掃除屋〉を利用したってェのかい」

俺の総括を補足するように、徳永が言葉を続ける。

「あからさまな凶器やセコンドの介入、いわゆる故意の攻撃で怪我を負った場合は〈合意の上の演出〉と見なされて、保険がおりない可能性があるんだとよ。現に俺は、それで悔し涙を飲んだ選手を何人も見てきた」

「くだらねェ理屈だ。受けた痛みも流れる血も本物だってんだよ」

舌打ちに、徳永が「ああ」と同意する。

「そこへいくと、お前さんはアクシデントに見せかける技術が飯の種だ。保険屋にも疑われる心配は低い。そこに賭けたってわけだ。おかげで、開店資金がなんとか調達できたよ。おまけに羽柴も治療費をはずんでくれた。大助かりだ」

「……敵も味方も全員を騙してまで、この店を残したかったとはな。意外だよ」

「いや……この店だけじゃない。こいつの居場所を残したかったんだ」

突然、視界の脇からグラスに入った氷水が俺の前に置かれた。

傍らで、黒髪の女性が微笑んでいる。

あの夜にハイボールを運んできた店員だった。

「女房だ。この店で知り合った」

思わず椅子からずり落ちそうになる。俺を見て、徳永の妻が微笑んだ。

「正確には、来月籍を入れる予定だがな」

「籍って……何歳差なんだよ。トクさん、そりゃ半ば犯罪じゃねェのか」

「おいおい、俺はいつだって気持ちは二十代のつもりだぜ」

追及をするりとかわしてから、老レフェリーはしみじみと頷いた。

「……こいつは十八のときに田舎から上京して以来、ずっとこの店で働いてきたんだ。

いま店で出してるメニューの半分以上はこいつの味つけ、オヤジさんの太鼓判つきだ。つまり此処は、こいつにとってのリングなんだよ。生きる場所なんだよ」

「まァ……店を残してェ理由はなんとなくわかったがよ。治療はどうすんだい」

「治療？」

怪訝な表情で首を傾《かし》げた徳永に詰め寄る。

「俺に〈掃除〉を依頼したとき〝あと半年だ〟って言ってたじゃねェか。店を継いだところで、カミさん残してくたばったんじゃ意味ねェだろう」

「ああ……その話か」

こちらを凝視してから、徳永がバツの悪そうな顔で鼻の頭を掻いた。

「ええと、その、それはお前の勘違いだ」

「は」

「あと半年で……産まれるんだよ」

徳永が照れくさそうに妻を見つめ、わずかに膨らんだ腹を優しく撫でる。

今度こそ、俺は椅子からずり落ちた。

「ガッ、ガキの話かよ」

「あの日の前日、こいつが定期検診を受けた際に帽子を忘れてな、俺はそれを取りに行ってたんだよ。そこで、お前に会ったってわけだ。なんだヒョウ、誤解してたのか。俺はひとことも病気だなんて言っちゃいないだろうに」

「白々しいんだよ、このクソ爺《じじ》ィ。あんな言い方されたら誤解するに決まってるじゃねェか。あ……さてはあんた、俺がほだされるとハナから読んでやがったな」

激昂する俺に向かって、詐術の名人がぺろりと舌をだす。

「昔から頑固なお前さんのことだ、正面から頼みこんでも首を縦に振らないのは百も承知だったからな。そこで、悪いと思いつつも、同情を買う作戦に出たって按配《あんばい》よ。おまけに不治の病と信じさせれば、それほどひどい怪我も負わされないだろうしな。女房が産休のあいだも俺が店を守れる。と、まあそんなわけだ」

「……まったく、リングの外まで〈名レフェリー〉とはね」

長いため息を吐《つ》きながら丸椅子に座りなおす。徳永が「はン」と鼻で笑ってから、おもむろに隣の椅子へ腰をおろし、深々と頭を下げた。

「ヒョウ、今回は本当にすまなかった。殴りたきゃ、好きなだけ殴ってくれ、覚悟はしている」

椅子から立ちあがり、神妙な面持ちの先輩をじっと睨んで、拳を握る。

数秒後、俺はその手を大きく開いた。

「止《や》めとかァ。殴れと誘っておいて、いざブチのめしたら反則を取りそうだからな。これ以上騙されるなァこりごりだよ。〈掃除代〉も、開店祝いと相殺してやらァ」

別れの挨拶代わりに手を振り、俺は入口へと足を進めた。

「ヒョウ」

声に立ち止まると、徳永が愉快そうにウインクをしていた。

「最高の……試合だったな」

返事はしなかった。それが返事だった。

暖簾をくぐって、すっかりと暮れなずんだ小径を歩く。

気づけば、俺は笑っていた。

大声で笑っていた。

徳永の生き抜こうとする強さが、運命も死神も翻弄するしたたかさが痛快だった。まんまとしてやられた事実が、嬉しかった。

ふいに、決意する。

もう一度、理恵と話せる機会が幸運にも訪れたなら、今度こそきちんと伝えよう。

プロレスは〈死合〉ではなく〈志合〉なのだと。

俺も、あなたの愛する鷹沢雪夫も、生きるためにリングにあがっていたのだと。リングにあがるため、生き続けているのだと。

足を止めて振り向き、薄闇にともった『亜久里』の赤提灯を見つめる。

「本当に……最高の〈志合〉だったぜ、トクさん」

店の灯りへ一礼してから、俺は再び歩きはじめた。

7

看護師長の大曽根律子《りつこ》がその足音に気づいたのは、巡回を終えた深夜二時半過ぎのことだった。リノリウムの廊下を、こちらへまっすぐ近づいてくる靴の響き。

心あたりは、ひとりしかいなかった。

そういえば藤戸の姿をここしばらく見ていない。以前は毎週のようにやってきては、屁理屈《へりくつ》をこねて大金を押しつけられたものだが。

ふと、高揚している自分に気づいて可笑《おか》しくなる。散々文句を言っていたけれど、自分は彼の人柄が嫌いではなかった。不器用な男にお節介を焼くのが好きだった。

「あらあら、ずいぶんご無沙汰だっ……」

書類から顔をあげた瞬間、言葉に詰まる。

暗がりに立っていたのは、藤戸ではなかった。

見たことのない、細身の男だった。

「いやあ、ようやくここを見つけましたよ。思ったよりも難儀しました」

いかにもといった作り笑顔を浮かべてから、男が「鷹沢雪夫さんに、面会をお願いしたいんですが」と、慇懃《いんぎん》に告げた。

「申し訳ありませんが、面会時間はもう……」

「じゃあ、やはりこちらに入院してるんですね」

思わず両手で唇を押さえる。その姿をちらりと見てから、男はおもむろにスーツへ手を伸ばし、メモ帳とペンを取りだした。

「鷹沢さん、ご容態はどうなんですか。これだけ長く入院してるってことは、回復の見こみが薄いんですかね。あ、それと藤戸さんはお見舞いにいらしたりするんですか」

「……患者さんについて申しあげることはできません」

「ま、ノーコメントならノーコメントで構いませんよ。それが病院側の見解だと書くだけなんで」

「書くって……あなた、誰ですか。何者なんですか」

青ざめる律子の前に、男が名刺をそっと差しだした。

「申し遅れました。私、ジャーナリストの海江田と言います」

第四話

好敵手《ライバル》

1

がさ、がさ、がさがさがさ――妙な音に視線をめぐらせると、老婆が顔を真っ赤にしながら、なかなか開かない煎餅の袋と格闘していた。

「……のどかだねェ」

二階席の手すりに肘をかけ、階下を眺めながら苦笑いする。

茶の間であればごく日常的な光景なのだろうが、老婆が座っているのは体育館に敷かれたブルーシートの上で、その手前には四角いリングが設置されている。

つまり――いまはプロレス興行の真っ最中なのだ。

とはいえ数十名ほどの観客のなかで、老婆の雑音を気に留めている者は誰もいない。皆、こっそり持ちこんだ缶ビールを飲んだり、孫とおぼしき赤ん坊のおしめを替えたりしながら試合を楽しんでいる。

窓の外を見れば、無数のトンボが舞う秋空の下、風に稲穂が揺れていた。

「本当に、のどかすぎる景色だぜ」

ブルーシートの最後列を陣取っている子供が俺に気づいて、「あ、さっきの試合に出てた、怖いおじさんだ！」と、こちらを指さした。

「こらッ、〝惜しくも勝利を逃がした、優しくて格好いいピューマ藤戸のお兄さん〟と呼びな」

眉間に皺《しわ》を集め、凄《すご》んでみせる。もちろん本心ではなかった。

第一線を退いた五十路《いそじ》間近のロートルレスラー、おまけに今日の《やまびこプロレス》には初出場と来ている。リングネームなど知らなくて当然、此処《ここ》では「試合に出ていた怖いおじさん」こそ、俺の呼び名にふさわしい。

そして——そんな扱いが、今日はとても心地よかった。

激戦で壊れ続ける身体《からだ》、人間ドックで見つかった疾病、秘密を嗅ぎまわるパパラッチまがいの記者、そして、昏睡《こんすい》状態が続く旧友に、その娘との確執——自分を取りまく数々の問題が、此処では遠い過去の出来事に思える。すべては束《つか》の間《ま》の悪い夢だった——本気でそう思えてしまう。

「いっそ、此処の所属になってのんびり暮らそうかねェ」

冗談めかした台詞《せりふ》をひと吐きし、再びリングへ視線を戻す。使いこまれて色褪《いろあ》せたマットでは、ふたりのレスラー——ヤンキーマスクとジンギス・ミカンが闘っていた。

ヤンキーマスクは名前どおりに昭和の不良を模した、紫色の学ランがトレードマークのマスクマンだ。リーゼントを無理やり覆面に押しこめているのか、額の部分の布地が異様に膨らんでいる。

おかげでヤンキーは視界が遮られ、思うように攻撃できていない。どうやらそれが彼の持ち味のようで、パープルの覆面が右往左往するたびに、観客からは「ツッパリ、右だ！」「もっと左だ！」と、スイカ割りよろしく野次が飛んでいる。いわゆるコミックレスラーの類と考えてよさそうだ。

いっぽうのジンギス・ミカンも全身をオレンジに塗りたくった、なんとも異様な風貌の選手だった。苗字《みようじ》の〈愛媛《えひめ》〉にちなんだミカンと、モンゴルの英雄ジンギス・カンを絡めたネーミングらしいが、その珍妙な名前とエキセントリックきわまる容姿に反し、ときおりくりだす飛び膝蹴りやソバットキックはなかなかサマになっている。入団前になんらかの格闘技を齧《かじ》っていたのかもしれない。

「さあ、バリバリに反撃だぜぇ！」

まわし蹴りをなんとかしのいだヤンキーマスクが、素っ頓狂な叫び声をあげると、対戦相手をロープへ振った。

ミカンが鮮やかに前転するや、逆立ちの体勢でロープに身体を預ける。場内がどよめきに包まれた直後、跳ね返ってきた橙色《だいだいいろ》の肉体が高く舞い、竜巻のように回転しながらヤンキーの顔面めがけて肘を打ちつけた。

客席が一瞬で沸く。煎餅の袋を放り出して拍手する老婆に苦笑しつつ、俺は内心で唸《うな》っていた。

フライング・エルボーアタック――反撃用の技として使う選手は多いが、あれだけ美しいフォームはメジャー団体でもなかなかお目にかかれない。

「あのオレンジ兄ちゃん、やるじゃねェか」

と、感心している俺の肩を、誰かが、ぽん、と叩《たた》いた。

「あいつ、藤戸さんの後輩ですよ」

振りかえった先には、スーツ姿に兜《かぶと》をデフォルメした覆面という、これまた奇妙ないでたちの男が立っている。

トルネード・ノブナガ――《やまびこプロレス》のエース兼、団体をたばねる社長レスラーだ。若くしてメキシコに渡り、ルチャ・リブレと呼ばれる現地のプロレスを習得したのち、帰国後に故郷の農村で地域密着型団体を旗揚げした変わり種である。

設立以来、ノブナガは堅実な経営で業界内の信頼を勝ち取り、現在では都市部の団体とも選手の貸し出しなど交流を深めている。そういえば、いま試合をしているヤンキーマスクは過去に《大和プロレス》へ参戦していたはずだ。俺自身も一度対戦した記憶がある。

けれども、試合の中身自体はあまり憶《おぼ》えていない。俺のオツムが耄碌《もうろく》しているのか、その程度の選手だったのか——後者のような気がするといえば残酷すぎるだろうか。

「これはこれは、遣り手《やて》社長さん。で、後輩ってなァどういう意味だい」

冷やかしまじりに訊《たず》ねる俺の隣へノブナガが並び、階下を見おろした。

「愛媛は、元ネオ・ジパングでしてね」

思わず「ほお」と声をあげる。まさか、こんな田舎で古巣の名前を聞くとは思わなかった。驚くこちらをちらりと見てから、ノブナガは「もっとも」と、マスク越しに頰を掻《か》いた。

「本人によれば、練習生時代に怪我《けが》をして、デビューにはいたらなかったそうで……なので〝看板に偽りあり〟と指摘されてしまえば、返す言葉もありませんが。ただ、正直ウチみたいな田舎のプロレス屋にとってはありがたいですよ。ひとり勝ちしているメジャー団体の看板を〈又貸し〉させて貰《もら》えるんですから……って、こんな言い方しちゃ、ネオ出身の藤戸さんに怒られますね」

慌てて取りつくろうノブナガを「人気にあやかるなァ、悪いこっちゃねェよ」と、笑って受け流す。

彼の言うとおり、現在のプロレス業界は人気も実力もメジャー団体、《ネオ・ジパング》の一強体制が続いている。かろうじて新進気鋭の《XXW》と老舗である《大和プロレス》が追随しており、その下には無数の名前も知らぬインディペンデントの〈零細団体〉がひしめきあっているのが偽らざる現状だった。

　インディー選手の大半は兼業で、交通費はおろかファイトマネーすら満足に貰えぬケースも珍しくない。それどころか自腹でチケットを買い取り、親戚や知人に配る者さえ少なくないのだという。趣味の延長と割りきっている選手もいないではないが、多くは「メジャー団体のリングに立つこと」を夢見て、日々鍛錬を続けている。華麗に飛ぶ蝶《ちょう》を見あげながら、いつか羽ばたく自分を信じて、もがく蟻《あり》の群れ──といったところだろうか。そんな青息吐息の運営が当たり前のインディー界隈《かいわい》において、今日参戦している《やまびこプロレス》などは、かなりまともな部類だった。

「明るい農村、明るいファイト」なるキャッチフレーズを掲げ、辺鄙《へんぴ》な山間部のみで大会を開催している《やまびこプロレス》は、会場にパイプ椅子を並べず花見さながらにブルーシートを敷くのが特色で、「コミカルなキャラクターが、一見《いちげん》さんにも親しみやすい」と好評を博していた。とはいえ、人口の少ない土地を選んでの興行が大半とあって、動員が百人を超えることは滅多にない。現に、今日も観客数は三桁に届いていないはずだ。そんな〈過疎団体〉にとって集客につながりやすいメジャー出身の肩書きは、大事な命綱なのだろう。

「ま、又貸しも続けていれば、そのうち本物になるかもしれねえだろ。有名になりゃ批判する輩《やから》もでてくるかもしんねェが、実力で跳ねとばせばいいって話よ。社長なら大丈夫だ、頑張んな」

激励に、ノブナガが一礼する。

「本物って言葉、いいですね。改めて……ありがとうございました」

「なんだい、急にかしこまって」

「今日の参戦、本当に嬉《うれ》しくて。俺……ウチのやつらに藤戸さんみたいな、まさしく〈本物のプロレス〉を見せてやりたかったんです」

「妙なことを言うね。銭とってリングでぶつかってんだ、お前《め》ェさんのところだって立派な本物だろうが。どいつも悪くねェ闘いぶりだぜ」

半分はお世辞だったが、もう半分はまぎれもない本音だった。

いいレスラーばかりだ。技術的には稚拙な面もあるが、全力で相手に挑む姿勢には好感が持てた。もしかしたら、大店《おおだな》に胡座《あぐら》をかいている一部のメジャー選手よりも、試合内容では優《まさ》っているかもしれない。

俺の言葉がよほど嬉しかったのか、ノブナガが何度も頷《うなず》く。

「手前味噌《てまえみそ》ですが、ウチのやつらはみんな努力家で真面目で、なによりもプロレスが大好きなんです。ただ〈明るいファイトの先にある闘い〉も、一回は体験させてやりたかったんですよ」

「ヘッ。そんな大役、ジジイにゃ荷が重いよ」

照れ隠しに吐いた言葉を、ノブナガは大げさに手を振って否定した。

「とんでもない。俺、メキシコの修行時代に藤戸さんと鷹沢さんの試合をビデオで見ては〝こんな試合ができるレスラーになりたい〟と奮起したんですから。あのころと変わらないファイトスタイル……きっと、若い連中にも伝わったと思います」

予想外の名前に、どきりとする。

鷹沢雪夫。古巣時代のライバル、同じ釜の飯を食った同期。そして、俺の技で昏睡状態に陥ったままの親友。ふいに暗い病室が頭をよぎり、憎しみのまなざしを向ける鷹沢の愛娘《まなむすめ》、理恵の顔が頭をよぎる。

牧歌的な光景に忘れかけていた現実が「なにも解決してないだろ」と、俺を笑っている気がした。

動揺を悟られぬよう「それにしてもいいレスラーだ」と、話題を逸《そ》らす。

幸いにもこちらの狼狽《ろうばい》に気づかぬまま、ノブナガは目を細めた。

「ええ、ウチの宝ですよ。これで切磋琢磨《せっさたくま》できるライバルでも登場すれば、あいつもますます伸びるんですがね」

ふたりの視線がリングへ注がれたと同時に、話題の主、ジンギス・ミカンがヤンキーを投げ飛ばそうと、学ランの背中に組みついた。

「お、そろそろメインの準備だな……では、失礼します」

軽く一礼するや、ノブナガが小走りで去っていく。その後ろ姿を見送っていた矢先、ゴングがけたたましく鳴った。

「あれッ」

いつのまにか試合が終わっている。

どうやらミカンが投げ技を決めて、あっというまにスリーカウントを奪ったらしい。なるほど、ノブナガは先ほどの時点でこのあっけない幕切れを予想していたのだろう。つまり、それほどまでにリング上のふたりには実力差があるということか。ヤンキーとの対戦が記憶に残らなかったのは、やはり俺の脳味噌の所為《せい》ではなかったようだ。

まばらな拍手のなか、ふらつきながら立ちあがったヤンキーがリングのまんなかでポーズを決める。

「きょ、今日は負けでも、明日はバリバリだぜぇ！」

虚《むな》しい絶叫へ応えるように、老婆の煎餅の袋が、ばりばりっ、と派手な音を立てて、ようやく開いた。

2

シャワーを止めると同時に、遠くから歓声が聞こえてきた。

メインイベントの時間。トルネード・ノブナガが空中殺法で会場を沸かせているに違いない。空を舞う侍の姿を想像しながらバスタオルで滴を軽く拭き、シャワー室をあとにする。

予想したとおり、廊下に選手の姿はなかった。おおかたセコンドに駆り出されているのだろう。誰もいないことに安堵《あんど》し、壁に寄りかかりながら足を進める。

いつもは膝や腰が痛むのに、今日はどうしたわけか気管支あたりがいつも以上に苦しかった。胸が疼《うず》く。呼吸がつらい。喉がぜいぜいと鳴り、咳《せき》が止まらない。〈掃除《クリーニング》〉より負担が軽いとはいえ、満身創痍《まんしんそうい》の身にはコミカルマッチですら、ひどく堪《こた》える。先ほど二階で観戦していたのも、ブルーシートに腰を下ろすのが厳しかった所為だ。

あと一年……否、せめて半年持ちこたえちゃくれねェかい。

おのれの身体に問いかけるが、答えはなかった。正直に言えば知りたくなかった。ときおり咳《せ》きこみながら、ゆっくり三分ほどかけてロッカールームへと辿《たど》り着く。

〈ピューマ藤戸様〉と紙が貼られているドアを開け、部屋の中央に置かれたベンチへ、腰を庇《かば》いながらゆっくり座る。こんな田舎の体育館で個室をあてがわれるなど破格の待遇に違いない。ノブナガが俺に敬意を払ってくれたのが、本当にありがたかった。

「すまんな、社長……また呼んでくれや」

虚空に手を合わせて立ちあがり、帰り支度をしようとロッカーを開ける――直後、「嘘《うそ》だろ」と声が漏れた。

無造作に放りこんでいた愛用のハンチング帽。その上に、一輪の花が置かれている。

この花は――造花か。

だとすれば、これは合図だ。

イミテーション・フラワー。鮮やかな偽物。華やかな嘘。つまり――プロレスラー。

俺に〈掃除〉を頼むための符牒《ふちょう》。

リングの上で無法者を始末する〈掃除屋《クリーナー》〉への依頼状。

いったい誰が。なんの依頼を。そもそも、こんなローカル団体に俺の〈裏稼業〉が知られているというのか。

にわかには信じられず、花をつまんで凝視する。

「……違うじゃねェか」

置かれていたのは生花。それも土まみれで根っこがついたままの、野辺で手折ってきたとしか思えぬ代物だった。

「なんの真似《まね》だい、こりゃ」

漏らした直後、入口のドアがノックされた。

とっさに花をポケットへ捻《ね》じこみ「誰だい」と声をかける。

ゆるゆると開いたドアの前には、覆面姿の小柄な男——いましがたまで試合をしていた黒星レスラー、ヤンキーマスクが立っていた。

「……スンジトさん」

「へ」

理解しがたい第一声に、かたまる。

数秒の睨《にら》みあいののち、ヤンキーが再びおずおずと口を開いた。

「あんだ、スンジトさんだべ」

「……バリバリ兄ちゃんよ。悪《わり》ィけど、俺の名前ァ藤戸なんだ。藤の花のフジに戸板のト。わかるかい」

「へい、オラそう言ったつもりでがンす」

「がンす、って……お前ェ、フザケてんのか」

「とと、とんでもねっス」

覆面から覗《のぞ》く目に、こちらをからかうような雰囲気は感じられない。

もしや——訛《なま》っているだけなのか。生粋の田舎者なのか。

戸惑いながら、俺は質問を投げた。

「そ、それで……そのスンジトさんになんの用だい」

俺が訊ねるなり、ヤンキーマスクが勢いよく地べたに這《は》いつくばった。土下座のつもりらしいが、ふくらんだリーゼントが邪魔して頭部が床に辿り着かず、おかげで低空を飛行するスーパーマンにしか見えない。リングをおりても、ずいぶん間抜けな性格のようだ。

「オラどタッグば組んでけろ。オラ、強ぐなって勝ちてえんだよい」

「タ、タッグって……なんだそりゃ」

ヤンキーが頭をあげるや、きょとんとしたまなざしを俺に向けた。

「なんだべ、あんだタッグも知らねえだが。タッグったらタッグマッツのこどだべや。ふたりひと組で闘うんだ」

「こ、この野郎。わざわざ説明されなくても知ってらァ。なんだそりゃと言ったのは、どうしてお前ェとタッグなんざ組まなきゃいけねェんだって意味だよ」

「来月、この村立体育館で旗揚げ五周年のビッグマッツがあるんだス。そこでオラ、タッグマッツば組まれでんだス」

「それがどうした、俺にゃ関係ねェだろうが。せいぜい頑張りな」

再び帰り支度をはじめた俺のズボンに、中腰でヤンキーがすがりつく。

「な、なんだよ。うっとおしいなオイ」

「オラ、二年前にデビューしてがら一度しか勝ったこどねえんだス。スンジトさんに勝った、いっぺんだげなんだス」

嗚呼《ああ》、そうだった。

俺はこいつに「苦労して負けてやった」のだっけ。

記憶がおぼろげによみがえったものの、ファイトの中身はいっかな思いだせない。

「だがらオラ勝ちてえんだス。そのためにスンジトさんとタッグば組みたくて、花を、花を」

「あッ、もしかしてこの泥まみれの花はお前ェの仕業か」

「ンだ。オラ、試合前に頑張って摘んできたんだス。キレイだべ」

満面の笑みを見て、俺はようやく理解した。

目の前のポンコツは誤解している。誰に、なにをどう聞いたのか知らないが、俺に花を送れば願いを聞き届けてもらえると思いこんでいる。

「おいツッパリ三等兵、悪ィがとんだ勘違いだぜ。こちとら初恋の女学生でも彼岸の墓参りでもねェんだ、花なんか貰っても困るんだよ。そんなヒマがあるんなら、トレーニングでもしときな」

「でもオラ、人の何倍も練習してんだス。んだども強ぐなれねえのス。だがら一緒に闘って、オラを勝だせてけろ」

「しつけえな。そもそも、どうして負けた俺と組みたがるんだ」

「だって、だって……うう、ううう」

人の話をいっこうに聞かぬまま、とうとうヤンキーが嗚咽《おえつ》を漏らしはじめた。

いったいなんなんだ、この小僧は。

泣きじゃくる覆面男に戸惑いつつ、俺はそそくさと帰り支度をはじめた。

「わ、悪ィな。電車の時間がせまってんだ。その話は、いずれまた今度にしようぜ」

「……今度っていづだスか。何日の、何時何分だスか」

「こ、今度は今度だよ。じゃあなッ」

ロッカールームを飛びだし、廊下を走る。背後でヤンキーが叫んでいたが、戻る気はさらさらなかった。

まったく——妙なやつだったが、もう会うこともあるまいと思っていた。

ところが。

3

およそ一ヶ月後の深夜、俺は《大和プロレス》の道場に置かれたリングの上で、ヤンキーマスクと向きあっていた。

あの日以来、ヤンキーは俺の出場する大会に欠かさず顔を見せ、共闘を直訴し続けていた。「自分の試合だってあるだろう」とやんわり諭してみたものの、ポンコツは「有給休暇でがンす、プライベートなんでお気になさらず」と笑って答えるばかりで、いっこうに引き下がろうとしない。念のためノブナガ社長へ確認したが、「ええ、ウチは業界でも珍しい有給制度を導入しているんです」と、まとはずれな答えがかえってくるだけだった。どうやら《やまびこプロレス》の連中は、どいつもこいつも呑気《のんき》すぎる性格らしい。

それでも一週間はなんとか耐えられた。二週目も我慢ができた。しかし三週間もつきまとわれたとあっては、さすがに許容範囲を超えている。半ば犯罪だ、脅迫だ、ストーカー行為だ。

そういえば、前にもこんな事があったな——葛城アキナとの一件を思いだし、俺はため息を吐《つ》いた。アキナだけではない。海江田や《ボルト》のスカウトマン、そして膝や胸の痛み——どうやら自分は望まぬ相手につきまとわれる運命にあるらしい。

もっとも、相手が誰であろうが対応は一緒だ。

諦めねェヤツには、痛い目を見せてやる——それがピューマ藤戸のやり方だ。

そんな鉄拳主義に従い、俺は悪友の石倉に頼みこんで——本人は脅されたと言い張るかもしれないが——深夜の大和プロレスリング道場を借りると、ヤンキーマスクを呼び出した。

「……そんなに俺と組みてェなら実力を見せてみな。それで判断してやる」

「本当だが。本当に組んでくれるだが」

目を輝かせるヤンキーに冷笑してから、

「ゴングは鳴らねェ、いつでも来な」

指で若僧を招く。

「んだら……遠慮なく行ぐどッ」

さっそく組みあおうと伸ばしてきた腕をすばやく捕まえ、関節を捻《ひね》って顔面から転ばせる。

「ほれ、どうしたい。もう終わりか」

挑発に激昂《げきこう》し、ヤンキーが無防備のまま起きあがろうとする。その顔面を蹴り抜いて再び転倒させると、今度は足首の関節をきっちりと極《き》めてやった。数ミリ曲げれば折れる瀬戸際まで追いこみながら、苦痛に歪《ゆが》む覆面へ声をかける。

「どうだいバリバリ兄ちゃん、諦めがついたか」

だが、意外にも答えはノーだった。

「やんだッ、オラの相方はスンジトさんでねえど駄目なんだ」

「……どうしてそこまで俺とのタッグにこだわるんだ、この野郎」

もういっぽうの足首をキャッチし、足首を捻りながら訊ねる。ヤンキーが絶叫しながら「あんだは、あんだはプロレスの人だものッ」と叫んだ。

「プロレスの人、だと……」

「んだ。スンジトさんは、相撲もアマレスも柔道も経験しねえでデビューしたんだべ。プロレスひとすじで強くなったんだべ。オラもおんなじだ。実績もなにもねえんだ。だから、あんだしかいねえんだ！」

　思わず技をほどく。

　その隙を見逃さずヤンキーが俺に正面から抱きつくと、そのまま後ろへ反り投げた。フロント・スープレックス——早い。巧《うま》い。ヤンキーの意外な特技に驚愕《きようがく》しつつ、前方宙返りで着地すると、ヘッポコマスクマンめがけて体重の乗ったエルボーを思いきり落としてやった。

　騒々しかった夜の道場が、一気に静まる。

　ヤンキーは仰向《あおむ》けになったまま、ピクリとも動けずにいた。こちらも思ったよりダメージが深い。片膝をついたまま立ちあがれない。

「……お前ェ、そんなにプロレスが好きか」

　俺の問いに、肩で息をしながらヤンキーが答える。

「オラ、小僧ッコんときにプロレス見で、その強さに勇気を貰ったんだス。逞《たくま》しさに希望を抱いたんだス。いまはボンクラだども、いつかはみんなサ希望を与えられる、そんなレスラーになりてえのス。そのためには、あんだの力が必要なんでがンす！」

生まれたての子鹿のように、震えながらヤンキーが立ちあがった。

「……俺に、希望を与える資格なんざねェよ」

ジグザグに突撃してきたヤンキーを躱《かわ》して、すばやく背中にまわりこむ。急角度のバックドロップ――悪いが、これで終わりだ。

がっしりとホールドしたその直後、電子音がけたたましく鳴り響いた。

音は、リングの外に放っていた俺のズボンから聞こえている。しばらくそのままの姿勢で待ったが、止《や》む気配はない。

急速に気持ちが醒《さ》めていく。胴を抱えた手を離し、ロープをくぐって場外におりた。

「……悪ィな、電話が来ちまった。続きはまた今度だ」

「今度って、いつだスか。何日の何時何分……」

「うるせェ。今度は今度だよ。とっとと帰りな」

食い下がるヤンキーをリングから引きずりおろし、有無を言わせぬままに道場から追いだす。遠ざかっていく曲がったリーゼントを眺めながら、俺は脱力した。

危なかった。予想外の粘り――特にフロント・スープレックスには思わずひやりとさせられた。あの技を極めれば、あいつはそこそこモノになるかもしれない。

ポンコツの底力に感心しながらポケットをまさぐり、鳴り続ける携帯電話を取り出し耳にあてる。

「もしも……」

「おう、明日朝イチで顔をだせ、以上」

それきり電話が切れる。

誰かは、すぐにわかった。ポンコツの百倍は厄介な相手だ。

4

秋のやわらかな陽射《ひざ》しを透かして、赤く色づいた桜の葉が輝いている。

「のどかだねえ」

診察室の窓から見える紅葉《こうよう》。その鮮やかさに見惚《みと》れていた俺の膝を、ハイヒールの先が蹴り飛ばした。

「のどかなのはあんたのアタマだろ。脳味噌《のうみそ》の代わりに枯れ葉でも詰まってんのかい。いますぐ焚《た》き火《び》をしてやろうか」

景色の感想を口にしただけで、これほどの罵詈雑言《ばりぞうごん》がかえってくるとは。閉口しながら、俺は目の前で憮然《ぶぜん》とする白衣の女性に向きなおった。

傍若無人な発言の主は奈良宏美。昨夜、簡潔かつ横柄な電話を寄こした主治医にして、親友である鷹沢の担当医。美女の皮を被《かぶ》った暴君、名医の仮面をつけた修羅だ。

「呼びだしておきながら、そんなに冷たくしねえでくださいよ」

「呼びだされた癖に呆《ほう》けてるあんたが悪いんだろ。ははん、冷たいのが嫌ってことは、やっぱり空っぽのオツムに着火してほしいんだな。マッチかライターかガスバーナー、火をつける道具を選ばせてやるよ。ありがたく思いな」

暴言が止まらない。このままでは、言葉の機銃掃射で心が蜂の巣にされてしまう。俺は慌てて本題へと話を戻した。

「で、今日はどういった用件ですか。落ち葉の舞う小径《こみち》を一緒に歩きましょうとか、それとも食欲の秋らしくランチのお誘いですかい」

軽口を無視してカルテに目を落とすと、女医は「ニュースがふたつある」と言った。

「良いニュースから聞かせてくださいよ」

「残念ながら、どちらも悪いニュースだよ」

長々と息を吐いてから、奈良が人さし指を立てる。

「まず、ひとつめ。海江田って記者が病院に来た。あんたと鷹沢の関係を看護師長へ執《しつ》拗《よう》に訊ねたそうだ」

名前を聞いた途端、神経質そうな男の顔が脳裏に浮かぶ。

海江田修三——通称カイエナ。〈社会の掃除屋〉を自称するフリーのジャーナリスト。数ヶ月前、しきりに俺を尾《つ》けまわしていた、粘着質のスクープハンター。

「で、師長はどうなりました。金をチラつかされてゲロっちまったとか」

俺の問いに、おおきく舌を鳴らして奈良が睨む。

「ウチの大曽根をナメんなよ。どれだけ大金を積まれたって患者のあれこれを喋《しゃべ》ったりするもんか。ただ、此処を嗅ぎつけられたってのは良くないね。関係者にもほとんど知られていない入院先を見つけだすとは、かなりの遣り手だよ。気をつけな」

「へ、単なるまぐれでしょう。あの手の記者は移り気ですから、いまごろはもう別な特ダネに夢中ですよ」

嘘だった。

あの獣じみた男は絶対に獲物を諦めないと知っていた。狙った〈真実〉に嚙《か》みつき、齧りつく。喰《く》われるのは時間の問題だろう。そのとき俺はどうするべきか——考えてみたものの、答えは見つからなかった。

「で、もうひとつのニュースだけどね」

先ほどよりも、いっそう淡々とした奈良の声で我にかえる。

「人間ドックで見つかった、あんたの胸にある影……その正体がわかった」

胸部大動脈瘤《きょうぶだいどうみゃくりゅう》だ。

「きょ、だいどう……なんですかい、そりゃあ」

「簡単に言えば、食道のすぐ近くに大きな血の瘤《こぶ》があるんだよ。これが破裂すると、大変なことになる」

「大変なこと……胸がドカーンと爆発しちまうとか」

「冗談のつもりだろうが、残念ながらほぼ正解だよ。大動脈が破裂した瞬間、身体に激痛が走り、のたうちまわる余裕もなく意識が混濁する。普通の人間ならほぼ即死だ」

「普通の人間……じゃあ、頑丈なプロレスラーだったら、どうです」

なおも冗談めかす俺に、奈良が「そういう問題じゃないんだけどさ」と吐き捨て、頭を掻いた。

「ま、レスラーなら五分……頑張れば十分かそこらは耐えられるかもね。とはいえ、それじゃ搬送も緊急手術もできない。どっちにしたってお陀仏《だぶつ》さ」

「だったら安心してくださいや、全試合、五分で決着をつけてやりますぜ」

ガッツポーズを見せたが、奈良は微塵《みじん》も反応しない。誇張や脅しではない証拠だ。

「ここ最近、息苦しかったり、声が掠《かす》れたりしないかい。あとは血痰《けったん》を吐いたとか、急に噎《む》せたりとか」

無意識のうちに胸へ手をあてる。鼓動が、秒針のように脈打っていた。

命の時計――否、時限爆弾のカウントダウンか。

「自覚があるんだね。かなり重症だ」

冷ややかな台詞。深刻に受け止めるのが恐ろしく、俺はわざとおどけてみせた。

「やれやれ、それで、そのキョウリュウなんとかになると」

「胸部大動脈瘤。二度と忘れないように百回暗唱しな。滑舌の特訓にもなるよ」

「それになっちまうと、また薬が増えるんですか。どうせだったらバナナかメロンの味にしてもらえると、飲むのが楽で」

「引退しな」

軽口を遮り、奈良がこちらをまっすぐに見つめる。

予想よりもストレートな言葉に絶句した。秋風が窓をかすかに揺らす。飛ばされた紅葉がガラスにあたり、慰めるように音を立てた。

「症状の進行具合と瘤の大きさから見て、開胸手術がベストの選択だ。手術後は日常生活こそ送れるだろうが、リングに立つのはもう無理だよ」

「だったら……手術なんぞしないで、このまま」

「それこそ自殺行為じゃないか。ほんのチョップ一発、軽く小突いた程度のキックでお陀仏になるかもしれないんだ。医者として、いや、長らくあんたを見てきた人間として言わせてもらう」

生きろ。

声が震えている。いつもの暴言よりも、はるかに重い。

「人生は六十分一本勝負じゃない。リングをおりても明日は来るんだ。藤戸、お願いだから生きてくれ。闘いのバトンを次の世代に渡し、お前自身の未来を歩いてくれ。鷹沢だって……それを望んでいるはずだ」

「はい、わかりました……たァ、この場では言えませんや」

退席の合図にハンチングを手に取った。

表情が見えぬよう、いつもより目深に被る。

「時間はそれほど残ってないよ。とっとと決めな。最後にリングでなにができるか、なにを残せるか、考えな」

待っててやるからさ。

返事をせず、俺は診察室をあとにした。

混乱する頭のなかでは、いま聞いたばかりの単語が反響し続けている。

バトン——次世代への、バトン。

5

「スンジトさんッ、今日こそウンと言ってくだンせッ」

「おう、わかった」

「そう言わずにタッグを……え？」

いつもどおり体育館の入口で土下座をしていたヤンキーマスクが、痣《あざ》だらけの頭をあげ、ぽかんと口を開けた。

「いま……なんて」

「聞こえなかったのかい。お前ェとタッグを組んでやるって言ったんだ」

「まさか先週みてえに、また道場で勝負とか」

「冗談じゃねェ。あんなキツいなァ、もうこりごりだよ」

「んだら、ど、どういう心変わりでがンすか」

「バトンを……や、なんでもねェ。とにかく引き請けてやるってんだ。感謝しろい」

レスラーを辞めて生き延びるか。それとも闘い続けて死を待つか。

その選択は、まだできていない。

だが、どうせなら賭けてみたかった。このどうしようもない若僧、プロレスを信じて疑わない——何処《どこ》か過去の自分を思わせる男に、なにかを託してみたかった。

「ありがでえ、ありがでえ」

ヤンキーが俺の両手を握りしめて、何度も揺さぶった。涙と鼻水を拭った所為か、掌《てのひら》がほんのり湿っている。振りはらうように手を離し、もう一度握手を求められないように一歩下がった。

「しかし、本当におかしな野郎だよ。普通はタッグじゃなくシングルマッチで、ライバルと激闘を繰り広げながら強くなろうとするもんだぜ。そのほうが、どれだけ自分が成長したか実感できるだろうに」

ひとりごちる俺にヤンキーがにじり寄ってきた。慌てて再び退行する。

「じゃあ、スンジトさんにもセッタサクマするライバルがいたんスか」

「切磋琢磨な。まあ……いたよ。ライバルのおかげで強くなれたようなもんだ」

自然と、鷹沢を思う。病室で目にする静かな寝顔ではなく、まだふたりとも輝いていたころの、精悍《せいかん》な表情を思い浮かべる。

もうあの日は帰ってこないのだろうか。

あいつと再び好敵手として向きあう日は、訪れないのだろうか。

ぼんやり考えていた刹那、ヤンキーがぽつりと呟《つぶや》いた。

「いいスなあ」

「……なにがだい」

「ライバルでがンすよ。オラにはそったただもの、いねえ。だがら、スンジトさんと組みてえんでがンす」

「なんだい、お前ェんとこにも同期だの先輩だのたくさんいるじゃねェか。たとえば、ホラ、なんとかミカンとかよ」

「とんでもねえッ。あの人はオラなんか相手にしてねえスよ。もっと上を見てるス」

ヤンキーが一瞬うろたえてから、自分へ言い聞かせるように漏らす。

その口調はなんだか寂しそうにも、誇らしげにも聞こえた。

「で、スンジトさんのライバルって誰スか。オラの知ってるレスラーでがンすか。いま、どうしてるスか」

「それは……」

今度はこちらが言葉に詰まる。

聞こえなかったふりをして、別な話題を振った。

「と、ところでよ。当日の出番は何試合目なんだ。対戦相手は誰なんだ、ちったあ詳細を教えちゃくんねェか」

「あ、だったらこれば見でくだせい」

言いながら、ヤンキーは一枚のチラシをこちらへ手渡した。

選手の写真が並んだチラシには、真っ赤な文字で《やまびこプロレス五周年記念・ヤング・フェスティバル》なる大会名がでかでかと踊っている。

「なあ……この、ヤングってなァどういう意味だ」

「へい、五周年にちなんで、デビュー五年以内の若手選手のみで全試合を組んだんでがンす。本当に、ウチの社長はアイデアマンでがンすよ」

「おいッ、がンすよじゃねェだろ。俺はまもなくデビュー三十年なんだぞ」

「おお、おめでとうござンす」

「そうじゃねェよ！　そんな〈縛り〉のある大会に、俺がのこのこ出張っていくわけいかねえだろうが！」

あまりの間抜けぶりに思わず声を荒らげる。しかしヤンキーはまるで動じるふうもなく、無言でこちらへ親指を突きたてた。無意味に頼もしいが、妙に腹立たしい。

「あんだがスンジトさんでなければ、出場してもよがんしょ」

「……まるで意味がわからねェんだがよ、よかったら説明してくれるかい」

「オラ、ナイスなアイデアがあるンす」

胸を叩くと、ヤンキーは学ランのポケットから一本の絵の具チューブを取りだした。

「なんだそれは」と言いかけた口を閉じる。聞いたが最後、引き返せなくなりそうな気がして、どうにも訊ねる勇気が湧かない。そんなこちらの不安を気にも留めず、ヤンキーが再び得意顔で喋りだした。

「リングさあがんのは、スンジトさんではねえんだス。オラが推薦した〝謎のレスラー〟だス。だがら、安心してくんろ」

「……悪ィが、不安しかねェよ」

ため息を吐く俺に向かって、ヤンキーが再び親指を立てる。

やはり——腹が立った。

6

「……続きましてえッ。青コーナーから、ヤンキーマスク、スンジート・カッパ組の入場でぇす！」

リングアナウンサーのコールに続いて、テーマ曲らしき古びたロックンロールが大音量で鳴りはじめた。

「さ、行ぐべサ」

両手で自分の頬を張ってから、ヤンキーが歩きだす。こっそり逃げだしたい衝動を必死に抑え、学ランのあとに続いた。

入場するなり、ブルーシートに座っている観客がどっと笑い声をあげる。なかには半泣きで母親の背中にしがみつく子供や、こちらへ手を合わせて念仏を唱える老人の姿も見えた。

まあ——そりゃ驚くわな、怖がるわな、拝むわな。

なんたって——河童《かっぱ》だもの。

緑色の掌を、俺はまじまじと見つめた。

河童の姿をしたレスラーに変装させる——それがヤンキー言うところの〈ナイスなア

イデア〉だった。必死に抵抗したものの代替案も見あたらず、結局したがう羽目になった俺はいま、こうして身体に絵の具を塗りたくり、ボール紙でこしらえた甲羅と頭の皿を装着しているというわけだ。

「しかし……大丈夫なのかよ」

思わず弱気な言葉が口をつく。

コミカルマッチはこれまでも何度となく経験しているから、試合運びに不安はない。だが、もしこんな姿をしているのがピューマ藤戸だと気づかれた日には、明日からどうやって生きていけばいいというのか。病気の前に恥ずかしさで死ぬのではないか。不安に勝てず、俺は意気揚々とリングインするヤンキーマスクに囁《ささや》いた。

「おい、本当にバレてねェんだろうな」

「ノー問題でがンす。そもそもスンジトさんの知名度は、オラんとごではゼロに等しいでシから」

「……さらりと失礼なことを言いやがったな。それにしたってよ、スンジートっつうネーミングも露骨すぎんだろ」

「なんだべ文句ばっか。スンジトさんだがらスンジートでがンしょ」

「いや、その、願書だか善処だか知らねェが、もうちっと工夫した名前をだな」

「ちょっと、人間の言葉を話しちゃダメでがンすよ。河童の声は〝カッパッパー〟なんでシから。きちんと試合前に教えたでがンしょ。練習してくだんせ。ほれ、カッパッパー、カッパッパー」

「……試合が終わったら、お前ェの尻子玉を引きちぎってやる」

「ちょっとぉ、アンタたち！」

小声で揉《も》める俺たちを、今日の対戦相手であるゴルゴダ・ブラザースのゴルゴダ・ケンイチがオネエ言葉で威嚇した。

「いい加減にしなさいよ、ツッパリちゃんと妖怪ちゃん。なにを試合前にペラッペラお喋りしてんのさッ」

と、不満を漏らすケンイチを押しのけ、今度は弟のゴルゴダ・コウジが、一歩前に進み出る。振動でリングが上下に揺れ、ロープが波を打った。

顔こそ瓜《うり》ふたつだが、コウジは細身の兄よりふたまわりほど体格がでかい。岩石に目鼻を貼りつけたような顔を歪めて、コウジがヤンキーと俺を交互に睨んだ。

「なんじゃお前ら、ふざけた格好しよってからに。ブチのめしちゃるけんのう」

お前らの身なりだって相当おかしいぜ——そう言いたいのをぐっと堪《こら》えて、異形の兄弟を睨みかえす。

ゴルゴダ・ブラザースは、全身にほどこした刺青《いれずみ》とスキンヘッドがトレードマークの双生児タッグだ。双子ならではのチームワークと流血も辞さないラフファイトには定評があり、これまでにもインディー団体のベルトを何度か獲得したと聞いている。即席タッグの相手としては、なかなか厄介なコンビかもしれない。

ゴングが鳴った。

恥ずかしさのあまり、こそこそとコーナーに引き下がろうとした俺を、ヤンキーが黙ってリングへ押し返す。

「せ、先発は俺かよ。最初は様子見でお前ェが」

「んだがら、河童語で喋ってけろってば」

「……ちなみにお前ェ、河童の言葉がわかるのか」

「まさが、オラ人間だど。バガでねえのが」

「……絶対に尻子玉を切り刻んでやるからな。本気だからな」

「もおッ、どっちでもいいから早くかかってきなさいよ！」

ケンイチが地団駄を踏んで急《せ》かす。半ばヤケクソで「カッパッパァー！」と叫ぶと、リング中央で組みあった。

腕の取りあいから隙をついてマットに転がし、グラウンドに引っ張りこむ。背中を奪ってスリーパーホールドに持ちこもうと試みたが、頭の皿と甲羅が邪魔をしてなかなかポジションがとれない。引っくりかえされて暴れる亀のような動きに、場内からくすくすと笑いが起こっている。

　衣装選びからして失敗した。こんなことなら全身タイツにしておくべきだったか。後悔しつつ組んずほぐれつしているうち、今度は目が痛くなってきた。どうやら汗に溶けた絵の具が流れこんできたらしい。堪《たま》らずに寝技を解いて自軍コーナーに近づき、ヤンキーに訊ねる。

「おい、バリバリッ。この絵の具ァ水性なのかよ」

「へえ、安心してくだせ。人体には無害でもレスラーには有害な水性塗料でがンす」

「馬鹿野郎ッ、人体には無害でもレスラーには有害じゃねェか」

「だ、か、ら……さっきからゴチャゴチャゴチャなんなのよおッ！」

　小競り合いに痺《しび》れをきらし、ケンイチがこちらめがけダッシュしてきた。すかさず身を伏せると足首をカニばさみで捕らえ、コーナーポストに顔面を激突させる。

　此処はいったん退却だ。痛む目をこすりながら、コーナーポストへ手を伸ばした。

「おい、交代しろ！」

　タッチを受けたヤンキーがリングへ飛びこむや「バリバリだぜぇ！」と叫びながらケンイチの身体を起こし、ヘッドバッドを食わらせた。しかし、巨大なリーゼントがクッションになっている所為で、ほとんどダメージを与えられていない。たちまち胸ぐらを摑《つか》まれ、逆に相手方のコーナーまで引きずられてしまった。

ケンイチとタッチを交わし、コウジがのっそりとリングインする。

「おい、コスプレ。わしゃあモノホンの不良あがりなんじゃ。ナメたらあかんどッ」

啖呵《たんか》を切るや、コウジがナックルをヤンキーへ続けざまに見舞った。

巧い――大ぶりのテレフォンパンチと見せかけて、頬骨や耳の脇など、戦意を喪失しやすい箇所だけ的確に狙っている。ラフファイトをかなり経験した人間の戦い方、不良あがりという言葉もダテではないようだ。

ヤンキーも必死にチョップで応戦するが、巨木を思わせる胸板はびくともしない。三発、四発、五、六発。やがて、防御に飽きたコウジがおもむろにヤンキーの手首を捕らえ、砲丸投げよろしく力任せにブン投げた。紫色のパートナーはロープに激しくぶつかると、バウンドしてマットに叩きつけられた。

「立て、ヤンキー！」

観客に聞こえぬよう〈人間の言葉〉で手短かに叫ぶ。

だが、よろよろと起きあがったタッグパートナーからはあきらかに入場時の覇気が消えていた。その気になれば、巨体には不利な寝技に持ちこむなり、場外にいったん逃げて乱闘に誘うなり、攻守交代のチャンスはいくらでも作れる。なのに、ヤンキーは腰の入っていない弱々しげなチョップを打ちこむばかりで、勝機を探る気配が欠片《かけら》も感じられなかった。

「おい、どうした！　打ち負けるな！　踏んばれ！」

怒声に反応してこちらへ戻ろうとするヤンキーを、コウジがエルボーの連打で自軍コーナーへ押し戻していく。河童語を放棄して投げたアドバイスも、すっかり気圧《けお》されているその耳には届いていなかった。みぞおちに蹴りを食らい、ヤンキーがあっけなく尻餅をついてコーナーにもたれかかる。

待機していたケンイチがロープの隙間から足を伸ばして、シューズの側面を何度もヤンキーの横っ面へ、泥をこそぎ落とすように擦《こす》りつけた。

顔面ウォッシュ——痛みよりも精神的なダメージを狙った攻撃。本来は怒りで頭に血をのぼらせ、逆に隙と油断を生むための技だ。

しかし、やはりヤンキーはされるがままだった。気持ちばかりの抵抗はするものの、反撃に転じる様子はない。

たちまち覆面が靴跡で汚れ、布越しにリーゼントがあらぬ方向へ曲がっていく。

「……そういうことかい」

あまりに無様な防戦を見守りながら、俺はヤンキーが勝てない理由を悟った。試合内容が印象に残っていない原因を理解した。

あいつは、自ら敗北を望んでいる。

技術も実績もない後ろめたさが、「全力を出しても勝てなかったらどうしよう」という不安が、「六、七割の力で負ける」という逃げ道を無意識のうちに選ばせているのだ。最初から、言い訳を用意しているのだ。

勝とうと躍起にならないファイトが、心に残るはずもない。

明日を諦めないために、あいつは今日を諦めているのだ。

このままでは埒《らち》があかない。タッグとはいえ、何十年かぶりの勝利を逃してしまう。

頼りないポンコツを救出しようとロープをくぐる。それを目ざとく見つけるや、コウジがブーツの隙間からこれみよがしにフォークを取り出した。すかさずレフェリーが注意を促し、凶器を没収しようと揉みあいになる。

「ば、馬鹿レフェリーめッ。そいつァ罠《わな》だッ」

怒鳴った直後、ひそかに近づいていたケンイチが、俺を場外へと引きずり倒した。狡《こう》猾《かつ》な兄は放り投げられたばかりのフォークを拾いあげ、哀れな河童に突き刺す。

皮膚が裂ける痛みに続き、鉄くさい苦味が口のなかに広がった。流血が絵の具と混ざりあい、流れこんできたのだ。お世辞にも美味《うま》いとはいえないミックスジュースの味と、額の痛みに悶絶《もんぜつ》しながら、俺はゴルゴダ・ブラザースの腕前に感心していた。

こいつら、正真正銘の名コンビだ。

タッグマッチは「分断」が勝利の鍵になる。どんなに強烈な技をお見舞いしても、相手パートナーにカットされてしまえばスリーカウントは奪えない。逆に言うなら、一対二の状況にさえ持ちこめれば、あとはもうリンチと大差ない結果が待っている。名タッグと賞賛されるレスラーたちは、皆このコンビネーションが巧みだった。俺もこれまで何組ものタッグ屋と争ってきたが、この兄弟は頭ひとつ抜けている。ポンコツと仮装レスラーごときがわたりあえるタマではない。

久々に勝利の美酒に酔えると思ったが、甘くなかったな。リング中央で殴られるがままのヤンキーを眺めながら、ぽつりと恨み節を吐いた。

「ちくしょう、こんなことなら緑色になる必要なんてなかったぜ。おかげで口の中まで絵の具まみれに……あ」

瞬間、ひらめいた。

この手段なら、この連携なら勝てるかもしれない。

名案と呼ぶにはあまりに心もとないアイデアが浮かぶ。おまけに、この計画にはヤンキーの奮起が不可欠だ。

どうする藤戸——否、どうする河童。

イチかバチか、やってみるしかない。

あいつを信じて。

覚悟を決めると、俺は最前列の客が手にしていたコーラのペットボトルを引ったくってリングに飛びこみ、うなだれるヤンキーマスクの頭めがけて中身をぶちまけた。突然の事態に場内が静まる。レフェリーもゴルゴダ・ブラザースも、なにが起きたか理解できずに固まっていた。

炭酸飲料でびしょ濡《ぬ》れのヤンキーに歩み寄り、告げる。

「お前ェ、プロレスに希望をもらったんじゃねェのか。いつかは自分みてェな若僧に希望を与える、そんなレスラーになるんじゃなかったのか。過去を信じられず、現在もブチのめせねェやつが」

未来なんて摑めるのかよ。

会場の静寂がどのくらい続いただろうか——やがて、ヤンキーが静かに顔をあげた。濡れたマスクの下からのぞく両目には、光が戻っている。

「……なによ、その三文芝居。青春劇場はヨソでやんなさい！」

我にかえったケンイチが怒りの形相で飛びかかり、俺を再び場外へ引きずり落とす。リングを離れる直前、俺は「行けえッ」と叫んだ。

「うわああッ」

ヤンキーがコウジの胴体めがけて、がむしゃらにタックルをかます。

だが、技術も経験もない素人同然の突撃、当然コウジは倒れない。笑いながら太鼓よろしくヤンキーの背中を握り拳で殴りつけ、鼻っ柱へ膝頭を叩きこんでいく。

たちまちマットに鼻血が垂れ、赤い染みが広がる。それでもヤンキーは組みついた手を離さず、ふらつきながらもコウジのタイツをしっかり握りしめていた。

「ヤンキー、負けるな！」

「諦めるな、ツッパリ！」

ポンコツレスラーを見守っていた観客の声が、次第に大きくなる。手拍子がそろい、応援がひとかたまりの波となって会場を包んでいく。

「……ギャアギャアうるせえぞ、テメエら！」

思わぬ声援の高まりに苛立《いらだ》ち、キャラクターを棄《す》てたケンイチがドスの利いた声で観客に向かって叫ぶ。瞬間、俺を摑んでいる手がわずかに緩んだ。

いまだっ。

腕をほどき、口に溜《た》まった血と絵の具をタトゥーだらけの顔面めがけて思いきり吹きつける。たちまち禿頭《はげあたま》が赤と緑のマーブルに染まり、ケンイチが悶絶した。

「目つぶしの毒霧攻撃だあッ！」

マニアらしき観客の解説めいた絶叫に頷いてから、俺は「分断成功」と呟いた。

毒霧――悪役の十八番、怪奇派レスラーの真骨頂。スポーツライクとも競技性ともまるで無縁な、ある意味もっともプロレスらしい技だ。

視界を失ったケンイチが、リングサイドを右へ左へさまよう。その姿に動揺して、コウジの猛攻が一瞬だけ止まった。

「行けっ！」

俺の怒声にヤンキーが崩れ落ちかけた身体を奮わせ、ありったけの力で再び丸太のような身体に組みついた。水びたしのリーゼントが相手の胸板を滑り、先端がコウジの目鼻をぴたりと覆う。

「ちょっ、邪魔じゃ。見えなッ、息ができなッ」

もがいていた腕が、ゆっくりと動きを止めていく。濡れた覆面で顔を押さえつけられる、拷問張りの水責め。どれほどの巨体だろうが耐えられようはずもない。

気絶寸前の弟を救おうと、ケンイチが慌ててロープをくぐった。

「おっと、お前ェさんの相手はこっちだよ」

エプロンへわずかにはみだした足首をしっかと抱えこみ、身体をくるりと捻る。

ドラゴンスクリュー——シンプルな巻き投げだが、不安定な体勢で受ければ膝の関節や靭帯《じんたい》が一瞬で壊れる逆転技。あんのじょうバランスの取りにくい場所で食らったケンイチは、膝を押さえてのたうちまわった。

まだら模様のスキンヘッドを横目に、俺はポンコツ——否、相棒へ呼びかけた。

「さあ……見せてやれ！」

咆哮《ほうこう》に、ヤンキーがちいさく頷く。

「バ、ババババ、バリバリだぜえええぇぇえっ」

リーゼントを密着させたまま、ヤンキーマスクが身体を後方へとブリッジさせた。風を切る音とともに、美しい軌道を描いてコウジがリングに叩きつけられる。

百点満点のフロント・スープレックス。

衝撃でリング全体が揺れた直後、レフェリーが滑りこんでマットを叩いた。

「ワンッ、ツーッ……スリーッ！」

ゴングが鳴るや、観客がいっせいに起立して喝采を送った。

「十二分七秒……必殺技、バリバリ・スープレックスで、ヤンキーマスク、スンジート・カッパ組の勝利です！」

バリバリ・スープレックスか——間抜けだが悪くない名前だ。

満場の拍手のなか、顔をくしゃくしゃにしながらヤンキーがよたよたと場外の俺に這い寄ってきた。

「勝ったんスね。オラ、勝ったんでがンすね……本当に、ありがとうごぜえます」

くしゃくしゃになった覆面ごしのリーゼントを撫《な》で、俺は笑った。

心から、嬉しかった。

「礼を言うなァこっちだ。最後に、最高のバトンを託せたんだからな」

「え、なんの話でがンすか」

「なんでもねェよ……さ、声援に応えてきな」

背中をばちんと叩かれて、ヤンキーが嬉しそうにコーナーポストへ駆け登る。

「今日は……いや、明日も明後日《あさって》も、その先もバリバリだぜぇぇ！」

勝ち名乗りのマイクを背中で聞きながら、俺はバックヤードへと戻っていった。

7

シャワー室で絵の具を念入りに流し終えてから、胸の鼓動を確認する。

思いのほか落ちついたリズムに安堵の息を漏らしていると、磨《す》りガラスの向こうにこちらをうかがう人影が見えた。

「おい、そんなところに突っ立ってねェで顔を見せな」

水流を止めて声をかける。一拍置いて、ドアノブがゆっくりとまわった。

おずおずと顔を見せたのはジンギス・ミカン——否、メイクをしていない今日は、やまびこプロレス所属の愛媛青年か。

「藤戸さん、俺……」

「あんたもご苦労だったな。バリバリ兄ちゃんがタッグを直訴するよう仕向けんなァ、ずいぶん骨が折れたんじゃねェか」

バスタオルで身体をぬぐいながら、愛媛をねぎらう。

目を丸くしながら、彼が「どのあたりで気づいたんですか」と問い返してくる。

「最初ッからだよ。人脈もキャリアも半人前のあいつが、業界でも一部しか知らねェ俺の〈噂《うわさ》〉に辿り着けるはずがねェ。だとしたら、考えられるのはただひとつ……誰かが吹きこんだって結論になるわな」

押し黙ってたたずむ愛媛の脇をすり抜け、脱衣所へ足を踏みだす。

「だが、その情報はやけに半端だった。つまりは何処かで盗み聞きした知識、それも相手に詳細を訊《き》けなかったネタに違いねェ。だとすりゃあ、新米が逆らえねェ先輩の話を立ち聞きした……と考えるなァ当然だろう。そこまでわかりゃあ、あとは簡単だ。インディーの連中で俺の〈掃除〉を知る人間はほとんどいねェ。古巣のネオか大和プロレス、XXWあたりに絞られる。そして、そんなメジャー出身の選手は《やまびこプロレス》じゃ、お前ェさんだけなんだよ」

わしわしと髪を拭きつつ、俺はひといきに解説を終えた。当の愛媛は俯《うつむ》いたきり、なんのリアクションも見せようとしない。

「で、ノブナガ社長がお前ェを自慢したとき、おや、と首を傾《かし》げたのを思いだした。怪我でデビューの道を断たれた人間が、あれだけ激しい蹴りを使うってのが、どうも腑《ふ》に落ちなくてな。そこでようやくピンと来たよ。お前ェさんがネオを退団した理由は怪我なんかじゃねェ」

夜逃げだろ。

俺の言葉に、顔をこわばらせて愛媛が頷く。

夜逃げ――練習生が寮から遁走《とんそう》するのはさして珍しいことではない。デビュー前のレスラー候補は、まともな人間として扱われないからだ。

巡業の際はすべての雑用をこなし、試合後は自分の寝食も後まわしで、先輩選手の衣装を明け方までかかって洗う。長いサーキットを終えて、ようやく道場に戻れば、今度は厳しすぎるトレーニングが待っている。鉄拳制裁は日常茶飯事、半ばいじめのようなシゴキが朝から晩まで続く。そんな理不尽に耐えて耐えてひたすら耐えきった人間だけが、デビューの切符を手にすることができる。

そんな過酷さゆえ、栄光のスタートラインへ立つ前に挫折する者は多い。俺自身、若い時分には明け方の寮からこっそり去っていく足音を、寝床で何度も聞いている。

「たぶん、俺の〈噂〉は、そのころ耳にしたんだろ。ま、聞けねェわな。ボロ雑巾も同然の身で〝いまの話は本当ですか〟なんて訊ねようものなら、タコ殴りか袋叩きが関の山だもんなァ」

当時の記憶がよみがえったのか、目の前の青年は唇を噛みしめている。その肩を軽く叩いて、俺はベンチに腰を下ろした。

「さて……それじゃ自白タイムといこうじゃねェか。こんだけロクでもねェ目に遭ったんだ、俺にゃ事情聴取の権利があるはずだぜ」

腕へわずかに残った絵の具を、バスタオルで乱暴にこすりながら訊ねる。

「えっ、全部お見通しじゃないんですか」

「冗談ヌカすなよ。あのポンコツをそそのかしたヤツの正体と、お前ェさんの退団理由がわかっただけだ。こんなデタラメな騒動を起こした理由についちゃ、マトモな俺にゃ見当もつかねえよ」

自嘲ぎみに首を振ってから、愛媛は告白をはじめた。

「……ネオ・ジパングは本当にキビしくて。まだ青かった俺は耐えきれず、真夜中に泣きながら寮を逃げだしたんです」

「泣くだけで済んだなァ、まだタフなほうさ。たいていは小便を漏らしながら去っていくんだぜ」

「ははは……で、そんな情けない自分を払拭したくて、退団後は働きながらキックのジムやサンボ道場にかよったんです。自画自賛に聞こえるかもしれませんが、スジは悪くなかったはずです。アマチュア大会にもエントリーされましたから」

「あの蹴りを見りゃ納得できるよ。お前ェさん、ネオに残ってもそれなりの逸材になったはずだ」

素顔のマスクマンが、すこしだけ嬉しそうに会釈してから言葉を続ける。

「そんな最中、《やまびこプロレス》がウチの地元へ興行に来たんです。久々にプロレスを見る懐かしさもあって会場をウロウロしていたら、ノブナガ社長に〝キミさ、いい身体してるよね〟と声をかけられて、ついうっかり〝元ネオなんです〟と……」

「ま、嘘じゃねェわな。それでスカウトされて、とんとん拍子にデビューってわけか。ネオでの地獄の日々にくらべりゃ、ローカルの空気はぬるま湯に思えたんじゃねェか」

「俺が言おうとしたセリフを……藤戸さん、まるでエスパーですね」

そこで、はじめて愛媛が笑みを浮かべた。

「正直、やまびこに入った当初はほかの選手をナメてました。俺はお前らとは違う、あのネオで揉まれてきたんだ、ほかの格闘技だって会得してるんだって。けれども、ひとりの選手……ヤンキーマスクに出会って考えを改めたんです。あいつのひたむきさを見ているうちに気がついたんです。俺が口にしているのは言い訳だ、いま立っている場所でがむしゃらになれない、自分への逃げだ……って」

青年が視線を窓に移す。

まなざしの先には、抜けるような青空があった。

「あいつは凄いですよ。やられても、へこたれても、大好きなプロレスを信じて、逃げずにもがいてる。そう、あいつはプロレスを信じているんです」

「ポンコツだから、逃げ方も知らねェのさ。それが……あいつの魅力だ」

心底納得したように、愛媛が「ええ」と笑う。

「俺、ヤンキーとはいつか全力で闘えそうな気がするんです。プロレスを信じ続けたあいつと、もう一度プロレスに向きあおうと心に誓った俺が、満員のお客さんの前で目いっぱいぶつかりあう。そんな未来を夢見るようになったんです。でも、そのためには、あいつにもっと強くなってもらわなきゃ困る。逞しくなってもらわなきゃ果たせない。そう思ったあげく、ネオの道場で耳にした藤戸さんの噂を吹きこんだってわけです」

本当に、すいません。

頭を深々と下げた若者を、手で制する。

「詳しくァ言えねェが、お前ェさんの情報はかなりデタラメだったぜ。ま、おかげで俺もいろいろと踏ん切りがついた。礼を言うなァ、こっちかも知れねェや」

発言の意味がわからずに戸惑う愛媛へ微笑《ほほえ》んで、俺は立ちあがった。

「お前ら、きっと良いライバルになるよ。頑張んな」

鷹沢と俺みたいに。言いかけた言葉を飲みこみ、出口へ向かう。

閉めたドアの向こうから、かすかに嗚咽が聞こえたような気がした。

体育館から駅へ向かう夕暮れの道は、ひどく風が冷たかった。

けれども気分はそれほど悪くない。それはきっと「決意」の所為だ。

今日の試合を終えた直後、「ある決断」をした所為だ。

もう掃除屋は終わり――掃除屋だけではない。レスラーを引退しよう。そして、手術を受けよう。

もうバトンは渡したのだから。あいつらに、未来のライバルたちに。

ライバル――そう、これからは鷹沢と俺も新たなライバルになるのだ。

どちらがしぶとく生き抜くか。粘って、こらえて、逆転のすえに病を倒すか。次は、人生が俺たちのリングだ。

ふと、ズボンのポケットに違和感をおぼえ、手を突っこむ。

出てきたのは一輪の花だった。あの花だった。

ヤンキーが俺に送った、花弁はまだ鮮やかさを保っていた。

夕陽にかざすと、感心しながら、呟く。

その生命力に感心しながら、呟く。

「お前ェは希望だ。希望という名の花だ」

8

こんなに穏やかな朝など、何年ぶりのことだろう。ベッドに寝転がったまま、カーテン越しに自室へ注ぐ陽光を眺める。

《やまびこプロレス》の会場から帰宅して、一睡もせぬまま朝を迎えた。疲労に包まれた身体と裏腹に心は軽やかで、駆けだしたい衝動すらおぼえている。引退を決意するのが、これほど気持ちを高揚させるとは思わなかった。

とはいえ、ラストマッチがあの間抜けなタッグというのも若干物足りない。誰のためでもない、自分のためにもう一試合だけリングにあがっても、バチはあたるまい。

「さて……最後の花道はどこにしようかねェ」

古巣からの悪友、石倉が代表を務める《大和プロレス》か。それとも後輩の羽柴が興した《XXW》でイキのいい若手とぶつかって最後にするか。なんなら《やまびこプロレス》のようなインディーのリングで、ひっそりとテンカウントを鳴らしてもらうのも悪くない。まあ、これまでの義理を考えれば石倉のところが妥当だろうか。

テーブルに置かれた昨日の花をつまみながらぼんやり考えていると、携帯電話が鳴った。液晶画面には〈石倉〉と表示されている。

あいつのことを考えたとたんに、電話が来るとはね。赤い糸というのは、ずいぶん脂ぎっているらしい。苦笑して通話ボタンを押すなり、スピーカーを突き破らんばかりのダミ声が響いた。

「おいッ、いますぐテレビを点《つ》けてみい」

「なんだよ、いよいよお前ェさんとこが倒産したか。ニュースで報じられるなんざ、大したもんじゃ……」

「アホ！　ウチやない、オマエの名前が出とるんや！」

「なんだと」

わめき続ける石倉にかまわず携帯電話を放りなげると、俺はテーブルのリモコンを引っ摑んだ。電源を点け、チャンネルを次々に替える。子供向けの人形劇、布団を紹介するショッピング番組、港で男女が抱きあっているのはメロドラマの一場面だろうか——やがて、画面がワイドショーとおぼしき映像に切り替わった。

「……これか」

画面では、アナウンサーの男が拡大したスポーツ新聞の前で熱弁をふるっている。余《よ》所《そ》の記事を紹介してお茶を濁す、お手盛りで安あがりなコーナーらしい。と、カメラが切り替わり、新聞記事の脇に添えられた写真がアップになる。

写っていたのは、マスコミのインタビューに答える眼鏡の男性だった。

知った顔——数ヶ月前に那賀の〈掃除〉をおこなった際、楽屋裏を訪ねてきた男だ。馳部と言ったか。格闘技イベント《ファイアーボルト》の統括部長だと名乗っていた記憶がある。

そんな人間が、なぜ紹介されているんだ。

言い知れぬ不安に、動悸《どうき》が早まる。冷や汗が背中に滲《にじ》む。震える指でボリュームをあげた途端、アナウンサーがひときわ大きな声をあげた。

「……というわけで《ファイアーボルト》では、殺人プロレスラーこと、ピューマ藤戸選手に参戦を打診するそうですッ」

「殺人、プロレスラー……」

無意識に声が漏れた。拳を握りしめていたことに気づき、慌てて指をひらく。

「希望」と名づけたあの花が、掌のなかで折れ曲がっていた。

第五話

捕食者《プレデター》

1

「失礼ですが、宿泊のご予約はされてますでしょうか」

若いフロントマンが、いぶかしげな表情で俺に問いかける。あきらかに不審人物へ向けるまなざし、この場にそぐわぬ異分子への視線だ。

ま、このいでたちじゃ疑われて当然か——ロビーに据えられた装飾用らしき鏡で自分の服装を確かめる。

くたびれたハンチングと毛玉まみれのセーター、皺《しわ》だらけのスラックス。スニーカーには穴が開いている。どう見ても、都内有数の高級ホテルに似つかわしい格好ではない。家を持たない〈その手の人間〉と思われている可能性さえある。

「いや……実はおたくに泊まるつもりじゃねェんだ」

「では、どのようなご用事で」

「まあ、その、ちょいと野暮用があってな」

周囲に何者か気づかれないよう小声で囁《ささや》く。気を利かせてくれと暗に告げたつもりだったが、空気を読むのが不得手なのかフロントマンの反応は薄かった。

「あいにく、ご利用されない方の入館はお断りしておりまして」

「いや、ご利用はちゃんとするんだよ。ちょいと部屋を教えてほしくてな」

「申し訳ありませんが、本日は満室でして。お引き取り願えますか」

「なッ。お前《め》ェ、人を見た目で判断するんじゃ……」

最後まで言うより早く、ベテランらしき初老のフロントマンがあいだに滑りこむや
「まことに失礼いたしました」と頭を下げた。

「お探しの大広間は一階奥、こちらの廊下をしばらく進んだ先になります」

迅速な対応に唸《うな》る。さすがは一流のホテルマン、小汚い衣服の下に隠された筋肉へ目を留め、即座に俺の職業と来訪の理由を察したらしい。

「ありがとよ。やっぱりどの世界も青二才よりロートルのほうが頼りになるぜ」

憮然《ぶぜん》とする若いフロントマンへ嫌味をぶつけながら、示された方向へ視線を向ける。

直後、廊下の彼方《かなた》から黒い燕尾服《えんびふく》を着た巨大な達磨《だるま》――大和プロレス代表の石倉が、まん丸い顔と身体《からだ》を揺らしながら近づいてきた。タイミングの悪い男だ。もうすこし登場が早ければ、無意味な押し問答などせずに済んだものを。ベテランの老フロントマンに軽く会釈をしてから、大声で手招きする石倉のもとへ歩み寄った。

「おい藤戸。こっちや、こっち、こっちこっち」

「うるせェな、お前ェは秒針か。そんなに呼ばなくても聞こえるってんだ。そもそも、そのマジシャンみてェな服はなんだい。ポケットから兎《うさぎ》でも出すつもりか」

「だって今日は全国生中継されるって話やんか。まんがいち映っても、ワシんとこのおカアちゃんが恥ずかしくないように……」

誇らしげな石倉の禿頭《はげあたま》を、俺は勢いよく平手で叩《たた》いた。

「お前ェ、わかってんのか。俺らはこれから敵陣へ乗りこむんだぞッ」

「だったらなおのこと正装しとかんと笑われるやろ。どや、舶来もんの一級品やで」

そう言って、達磨は自慢気に燕尾服の裾をひらつかせた。なんという呑気《のんき》さ。古巣からの腐れ縁だが、いまだに狡猾《こうかつ》なタヌキなのか単なる間抜けなのか判断に迷う。

こちらの呆《あき》れ顔《がお》に気づいた石倉が、非難の矛先を変えようと「オマエ……ほんまに出場を辞退する気かいな」と話題を振った。

「辞退もなにも……俺が出るなんて話ァ、勝手に向こうが言いだしただけじゃねェか」

「せやけど、せめてギャラがなんぼか聞いてからでも……」

言い終わるのを待たず、再び柑橘《かんきつ》ヘッドにビンタを食らわせる。

「うるせェよ、この気球クラゲ。自分がリングにあがらねェからって好き勝手ぬかすんじゃねェ。そもそもは、お前ェが俺の秘密をタレこんだのが騒動の発端じゃねェか」

「いや、でもワシもまさか鷹沢にまで辿《たど》り着くとは夢にも思わんかったで」

「うるせェ、もう喋《しゃべ》んな。息で空気が腐る。お前ェの所為《せい》で世界が終わる」

石倉が思わず漏らした名前に反応し、俺は会話を無理やり止《や》めた。

いまはその名を聞きたくない。嫌でも、この後うんざりするほど耳にするのだから。

俺たちは無言のまま、記者会見がおこなわれる大広間をめざした。

総合格闘技イベント《ファイアーボルト》――通称《ボルト》が、五十歳を目前にしたプロレスラーのピューマ藤戸、すなわち俺に参戦を要求してきたのは、ちょうど一ヶ月前のことだった。

常識的に考えれば、国内屈指の大イベントに老いぼれを招聘《しょうへい》するメリットなどない。活《い》きのいい若手を起用したほうが、集客面でも話題性でも成果を得られる。つまり、彼らは「非常識な魅力」を俺に見いだしたということだ。

〈掃除屋《クリーナー》〉。

この十五年、冴《さ》えない中堅を演じながらひそかにおこなってきた裏稼業。

高額報酬で、業界のルールを破った選手を試合中に破壊する〈清掃業務〉。

この、プロレス関係者のごく一部しか知らなかった副業を連中はマスコミ各社にリークし、併せてボルトのリングで試合をおこなうよう呼びかけてきたのである。

当然ながら、俺のもとにオファーなど来ていない。つまり完全なアドバルーン発言、世間の注目を集めるための先走った打ち上げ花火だ。石倉によればこの手の遣《や》り方《かた》はボルトの常套《じょうとう》手段らしい。メディアにスキャンダラスな情報を流し、選手のゴシップや身内の不幸もネタにして集客を煽《あお》る。むろん批判も多いらしいが、それら否定的な意見は大金と権力で封殺されるのが常だという。

当初は俺も楽観視していた。〈掃除《クリーニング》〉の現場を実際に押さえられたわけではない。事実無根と笑い飛ばし、あとは無視すればいい――そのようにあっけらかんと考えていた。そうもいかなくなったのは、もうひとつの〈秘密〉が暴かれてしまったからだ。

鷹沢雪夫。古巣《ネオ・ジパング》の同期にして若手時代のライバル。俺が試合で大《おお》怪我《けが》を負わせ、現在も意識が戻らない親友。

そんな彼との因縁を《ボルト》は白日のもとに晒《さら》したのだ。「あれは事故ではなく、故意だった」との一文を添えて。俺に〈破壊衝動を抑えきれない殺人レスラー〉なる、センセーショナルな肩書きをつけて――。

世間の反応は予想以上だった。

スポーツ新聞やゴシップ誌は連日にわたって俺の情報を掲載し、ワイドショーではモザイクに覆われた自称関係者が「ピューマ藤戸がいかに極悪非道であったか」を、赤裸々に告白した。インターネットでは虚実ないまぜの――八割は荒唐無稽なデタラメだったが――情報が飛び交い、一部では「俺が参戦するか否か」を賭けて金が動き、摘発される者さえあらわれた。

本人不在のお祭りが続いていたある日、当のボルトから一通の手紙が届いた。

〈貴殿の長らくの功績を称《たた》え、クリスマスに弊社が開催する年間最大の格闘技イベント《バーニング・イブ》記者会見に、何卒《なにとぞ》ご参加頂きたく候〉

畏《かしこ》まった〈招待状〉だが、要は公の場で参戦を受諾しろと威《おど》す〈脅迫状〉である。なし崩しに既成事実を作ろうと目論《もくろ》んでいるのは、火を見るよりもあきらかだった。なるほど、殺人レスラーを記者会見の場に連れ出せば、それだけで大きな話題になる。参戦の言質《げんち》が取れればチケットの売り上げも伸び、ゴールデンタイムの生中継も高い視聴率が期待できる。周到に仕組まれた罠《わな》、血にまみれた客寄せパンダのお披露目会の完成だ。

欠席するという選択肢も検討した。どこかの雑誌に反論手記を載せるか、弁護士を雇い名誉毀損で訴えるという手もあった。だが結局、俺は記者会見への出席を決めた。

理由は単純――一矢報いたかったのだ。

大会へ出場するつもりなどさらさらない。だがリング外の駆け引きでは、発信力に優れた百戦錬磨のボルト側に分がある。ならば連中の罠に飛びこみ、滅茶苦茶にしてやるのが最良だろう。そう考えたのだ。

記者会見に赴き「出場しねェよ」とだけ告げて椅子を蹴飛ばし、そのまま立ち去る。それで騒動は終了、あとはもうなにも言わせない。フォーマルさの欠片《かけら》もない衣装は

「乱痴気騒ぎの片棒を担ぐつもりはない」という意思表明のつもりだった。

とはいえ、相手もひと筋縄ではいくまい。さて、この難局をどう切り抜ける、藤戸。

どうする、どうする――


「どうすんねん、おい、おいって」

石倉の声で正気に戻る。慌てて生返事をした。

「な、なにがだい」

「なにがって……さっきからオマエの進退を訊《き》いとるんやないか。こんだけ大騒動になってしもたら、〈掃除屋〉はおろかレスラーかて続けにくいやろ」

「ああ、それならもういいんだ。騒ぎになる前から、辞めると決めていたからな」

「えっ、引退すんのか」

丸い顔をさらに膨らませて驚く石倉に、黙って頷《うなず》く。

「騒ぎになる前って、いつ決めたんや」

「ついこないだだよ。バトンはもう……託したんでな」

「へ。なんや、バトンって」

「なんでもねェよ。地球上の全植物が死ぬから口を開くなって言っただろう」

そう、ヤンキーマスクと組んでのタッグマッチのあと、俺は引退を決意した。残り一試合だけ〈普通のプロレス〉を楽しみ、静かにフェードアウトする予定だった。

それが、まさかこんな理不尽な試合をラストマッチに用意されるとは。プロレスの神様ってのは、ことのほかハプニングがお好きらしい。

「まあ……今回は、番狂わせなんざ起きねェけどよ」

誰にともなく呟《つぶや》いてから、俺は大広間の重厚なドアに手をかけた。

2

「格闘エンターテインメントォ、ファイアーボルトが聖なる夜にお送りするゥ、一年に一度のビッグイベントォォ、バァーニングッ・イブゥ！」

タキシードの司会者が過剰な巻き舌で大会名を告げる。仰々しいファンファーレが流れ、記者席のストロボが一斉にまたたいた。

眩《まぶ》しさに目をしばたたかせ、舌打ちをする。予想どおり、なにからなにまで不愉快な空間だ。仰々しい垂れ幕、悪趣味な金屏風《きんびょうぶ》、白いクロスを張って誤魔化した貧相なテーブルに、がたつくパイプ椅子。そしてなにより、入場するなり俺をこの席へ強引に座らせた、いけ好かないボルトの連中。どれもこれも気にいらなかった。

「藤戸さん、ちょっとこっち向いてもらえますか！」

「あ、次こちらお願いします！　カメラをまっすぐ見てください！」

カメラマンが矢継ぎ早にポーズを注文するものの、俺は仏頂面を崩さない。目の前のテーブルをひっくりかえす瞬間を、ひたすら待っている。

いっぽう隣席の石倉は、まんざらでもない様子で破顔の笑みを浮かべていた。俺の関係者としてメディアに登場すれば大和プロレスも非難の的になりそうなものだが、そこはタヌキなりに皮算用しているのだろう。もっとも、ただテレビに映りたかっただけの可能性も捨てきれないのが、この男の恐ろしいところなのだが。

そんな提灯《ちょうちん》アタマの隣には、《ボルト》の統括部長である馳部が冷然と座っていた。丸いメガネに七三分けの馬面は、一見すると冴えないサラリーマンにしか見えない。しかし、その目が笑っていないのを俺は知っている。一連の騒動の黒幕、煮ても焼いても食えない蛇野郎。このあとも、なにを仕掛けてくるかわかったものではない。

ま、本当に食えねえのは、あいつかもな。

会場の奥へ視線を送る。

海江田修三が壁にもたれ、不敵な笑みを浮かべていた。

奇《く》しくもおなじ〈掃除屋〉を自称するフリージャーナリスト。通称〈カイエナ〉。俺の裏稼業と鷹沢の関係を暴き、《ボルト》に横流ししたのはこのハイエナと考えて間違いないだろう。誇らしげな顔には、勝者の恍惚《こうこつ》が滲《にじ》んでいる。

そんな、動物図鑑とも妖怪変化ともつかない面々が一堂に会するなか、テーブルのいちばん端に座る青年だけが、一種異様な空気をまとっていた。

骸崎拓馬《がらさきたくま》、三十二歳。俺と対戦する予定のキックボクサー。

武者修行と称して世界各国を放浪したのち、五年前にボルトの関連団体に拾われ、対戦相手の脛《すね》をキックでへし折り骨を露出させて鮮烈なデビューを飾った。その後も連勝を重ね、現在までの戦績は公称で二十勝一引き分け。名実ともに折り紙つきのファイターである。その経歴が嘘《うそ》ではないと証明するかのように、顔のあちこちに生傷が刻まれている。くぐり抜けてきた修羅場の数を無言で語る勲章だ。いずれにせよ、小細工でどうにかなる相手じゃないのは疑いようもない。

ハイエナに蛇に血気盛んな若僧、ついでにアホ達磨。とんでもない顔ぶれだ。

嘆息すると同時に、司会の巻き舌タキシードが声を張りあげた。

「ではァ、さっっっ……そく今大会のメインイベントォ、《殺人レスラーVS戦慄のプレデター》を発表させていただきまぁす！」

絶叫にうんざりしながら、俺は小声で隣の石倉に訊《たず》ねる。

「おい。プレゼンターってなァ、なにをプレゼントしてくれるんだい」

「アホか、サンタクロースちゃうねんど。プレデター、捕食者ちゅう意味や」

「捕食ってなァどういうこった。怪奇派レスラーみてェに生肉でも齧《かじ》るのかい」

「んなワケあるかいな。アイツは……プロレスラーを喰《く》らうんや。プロレスハンターを名乗っとるんや」

　穏やかとは言い難い表現に、息を呑《の》む。

「あのゴンタ顔、対戦相手にかならずレスラーを指名するねんて。おまけに試合では決まって半殺しにする。ネオんとこの若いのは剛拳で眼球が破裂したっちゅう話や。レフェリーが止める直前に、目ん玉めがけて一発かましたらしいわ」

　それじゃ——まるで俺じゃねェか。耳打ちする俺に、石倉が大きく頷いた。

「ウチの那賀が引き抜きにあったの、憶《おぼ》えとるか」

　忘れるはずがない。石倉のハッタリを鵜呑《うの》みにして、若手レスラーの那賀を〈掃除〉したのは、俺なのだから。

「あのままボルトと契約しとったら、那賀はアイツと対戦する予定やったんやて……つまり」

「生贄《いけにえ》かい」

「餌や」

　薄ら寒いものを感じながら、対極に座する青年を改めて凝視した。色素の薄い目と尖《とが》った鼻、端整な横顔は、冬の平野に佇《たたず》む猟犬を想起させる。プラチナブロンドに染めた短髪も、獣の体毛そっくりだった。

なぜ、あの若き猟犬はプロレスラーを標的にしているのか。

他競技のファイターに比べ、技術的な短所を狙いやすいのは事実だろう。知名度の高さゆえに注目を浴びやすいメリットもあるかもしれない。だが、それだけではないような気がした。別な理由があるはずだと、ベテランの直感が告げていた。

まあいいさ——真相がなんであれ、俺には関係のないことだ。

額面どおりの発表が終わったら、質疑応答の場ですぐさま出場を拒否し、唖然《あぜん》とする一同を横目にマイクを放り投げて、足早に去る——

それで終わりだ、なにもかも。

たっぷり十五分かけて退屈なセレモニーが終わり、質疑応答がはじまった。

司会者が会場へ質問の有無を訊ねるなり、何十本と手が挙がる。プロレス関係のマスコミはもちろんスポーツ新聞に写真週刊誌、テレビ局や特派員らしき外国人の姿も見えた。人いきれで、真冬だというのに汗ばむほどの熱気に満ちている。

やがて、夕刊紙の記者とおぼしき男がマイクを受け取った。

「ええと、骸崎選手に質問ですが……相手の藤戸選手は五十歳ですよね」

思わず「まだ四十九歳だよ、この野郎」と口を挟む。俺を無視して、無礼な記者が質問を続ける。

「連勝街道を突き進む骸崎選手の相手としては、あまり相応《ふさわ》しいように思えませんが」

「その点については、統括部長である私から改めて説明したいと思います」

慇懃《いんぎん》に言いながら、馳部がテーブルに置かれているマイクを握った。

「そもそもの話は十五年前に遡ります。当時、プロレス団体《ネオ・ジパング》にておこなわれた若手同士の試合で、ピューマ藤戸選手は相手の目を塞いで後方へ投げる、クーガー・スープレックスという、あまりにも危険な技を放ちました。結果、相手の鷹沢選手は意識不明の重体となり、いまも昏睡《こんすい》状態が続いているのです。それが原因で、藤戸選手は直後に《ネオ・ジパング》を退団しました」

そんな単純な理由じゃねェ。お前になにがわかる。

叫びだしたい衝動をなんとか堪《こら》えて、椅子に深くかけなおす。その様子をちらりと横目で見てから、眼鏡の蛇男が説明を再開した。

「私どもの調査で、藤戸選手はプロレスのルールを逸脱した暴力行為を好む、非常に危険な衝動の持ち主である事実が判明しております。そして、フリーランスとなって以降も、その衝動はおさまりませんでした。彼は気に入らないレスラーを次々に破壊し、欠場や引退へと追いこむ〈殺し屋〉として、プロレス界を裏から牛耳ってきたのです。リング上の出来事ですから刑事事件にはなりません。ですが、こんな無法はとうてい許される行為ではない。この隠された真実を暴き、彼に裁きを受けさせることこそ、この試合の目的なのです」

「殺し屋じゃねェ、〈掃除屋〉だ。年齢といい、さっきから間違いだらけじゃねェか」

ぼやく俺を、石倉が嬉《うれ》しそうにからかう。

「へえ、アンタは業界を牛耳っとったんか。おっかない人やなあ」

「黙ってろ貧乏社長。俺が裏のボスなら、手はじめにお前ェを殺してるぜ」

不毛な小競り合いへ割りこむように、プロレス雑誌の記者が声を張りあげた。

「あの、藤戸選手ッ……いま、馳部統括部長が言った内容は事実なんでしょうか」

満を持して、マイクが俺の前にまわってきた。

さて、これでようやく茶番もお終《しま》いだ。知るか、俺は出ねえよ——そのひとことを吐き捨てようと深く息を吸った直後、

「嘘つきだなあ」

突然の横槍《よこやり》に、出場辞退の宣言は中断を余儀なくされた。

声の主は、捕食者を自称する若者——骸崎だった。

「殺し屋だの業界のボスだの、全部嘘っぱちでしょ。だって」

プロレスラーは弱いんですから。

「なんやとコラ、もっぺん言うてみい」

椅子から腰を浮かせて気色ばむ石倉を、スタッフが慌てて止める。

一瞬、会見を盛りあげるための演出かと思ったが、どうやら骸崎の発言はボルトも想定していなかったらしい。馳部が司会者と顔を見あわせ、どう反応していいものか戸惑っている。海江田もいつのまにか記者席の最前列まで歩を進め、こちらの動向を注視していた。と、ざわつく記者たちをなだめるように、両手で「待った」のジェスチャーを見せてから、骸崎が再度マイクを摑《つか》んだ。

「何度でも言ってあげますよ。プロレスラーは弱い。冷静に考えればわかるでしょう。隙だらけで跳んでくるドロップキックを避《よ》けられない馬鹿がいますか。ロープに投げられて、まっすぐ相手のもとに戻ってくる阿呆《あほう》がいますか。つまり、プロレスは単なるお遊戯なんです」

「しかし、なかにはアマレスや柔術で使用されるような技も……」

先ほどの記者が、納得いかないといった面持ちで食い下がる。

「逆なんですよ。アマレスや柔道、もしくはキックボクシングや空手の技を、勝手にプロレスラーが盗んでいるんです。プロレスのオリジナル技なんて、サーカスまがいのアクロバットとか見栄え重視の派手なチョップとか、そんなのばかりじゃないですか。おまけに、道場では科学的なトレーニングとは無縁な、イジメまがいの根性論で若い選手をいたぶってるでしょ。そんな人間が殺し屋だなんて、笑っちゃいますよ」

ふと、道場のくだりで声がわずかに上ずったのに気がつく。

それまでの飄々《ひょうひょう》とした口調に、静かな怒気が滲み出ている。

どういうこった――謎を解きたい欲求に負け、俺はテーブルのマイクをひったくった。

「おい兄ちゃん、まるで道場を見てきたような言い草だな。体験入門でもしたことがあんのかい」

陳腐な挑発。笑い飛ばすだろうと思っていた骸崎の顔色が、あからさまに変わる。

「……あんた、本気で言ってるんですか」

テーブルを蹴飛ばさんばかりの勢いで立ちあがり、猟犬がこちらを睨《にら》んだ。不穏な空気を察したカメラマン軍団が、続けざまにシャッターを切る。

「時間が経《た》っているとはいえ、会見に引っ張りだせばさすがに気づくと思っていた。自分を見て驚くと信じていた。藤戸さん……本当に、本当に見おぼえがないんですか。俺のこと」

「なんだと」

意外すぎる発言に絶句し、骸崎をまじまじと眺める。

滾《たぎ》るその顔をしばらく観察していた最中、思い出した。記憶の沼の底からあぶくが浮かび、音を立ててはじけた。

「……お前ェ、ガラか」

痩せた青年の顔が脳裏によみがえる。

ガラ——俺が退団する直前に《ネオ・ジパング》へ入ってきた新弟子だ。鶏《とり》ガラのような肋骨《ろっこつ》からついたあだ名だと思いこんでいたが、本名由来だったとは。

「えっ。ワシは知らんで。こんなヤツおったかいな」

きょとんとした顔で訊ねる石倉に、骸崎と対峙《たいじ》したまま「お前ェはちょうど盲腸で入院中だったからな」と答える。もっとも、道場に顔を出していたとしても、記憶に残ったかどうかは怪しい。ガラが在籍していたのはわずか三日間だったのだから。

そう言うと、石倉は目を丸くした。

「三日って……そりゃまた早いなオイ」

「入門が決まった翌々日だった。〝自分は空手の有段者だ〟と自慢したあげく、スパーリング中におなじ新弟子を病院送りにしちまったんだよ。当時、教育係だった俺と鷹沢は〝このままじゃリングにあげられねえ〟と相談して……骸崎に受け身を五千回やるように命じたんだ」

記者がいっせいにどよめき、次の言葉を待つ。無謀なチャレンジの結果、若きレスラー志望者はどうなったのか。その結末を聞こうと、全員が息を殺している。

場内に満ちた期待へ応えるように、骸崎が口を開く。

「いまも明瞭《はっき》り憶えてますよ。真夏の道場の熱気、軋《きし》むマットの感触、腫れあがった掌《てのひら》、震える膝、叩きつけられる竹刀……一日だって、あの屈辱を忘れたことはない」

「それで、それで最後はどうなったんですかッ。五千回こなしたんですかッ」

耐えきれず、女性のテレビリポーターが叫んだ。

「俺の記憶によりゃあ……お前ェはなんとか五千回をこなしたものの、その直後に、リングで小便とクソを漏らして失神しちまったんだっけ。で、その日かぎりで夜中に逃げ出したんだよな」

「逃げたんじゃありませんよッ」

骸崎が咆哮《ほうこう》し、テーブルを拳で殴りつけた。

「別な道を選んだんです。こんな理不尽な遣り方を許しているプロレスを、俺の力を認めないプロレスを潰すためにね。あのあと俺は、世界中をまわってあらゆる格闘技を学びました。そして、ようやく気がついたんです。俺の使命は……プロレスラーをひとり残らず葬り去ることだと」

すでに、骸崎の声は不敵な口調へと戻っている。だがその声には、先ほどまでとは異なる黒々とした獰猛《どうもう》さが滲みでていた。獣じみた唸りが混じっていた。

嗚呼《ああ》、そうか。

コイツは猟犬じゃない。狼《おおかみ》だ。

血の味を知った銀毛の狼だ。

そして——この銀狼《ぎんろう》を生んだのは、俺だ。

目の前の獣はプロレスに——否、俺に復讐《ふくしゅう》するために闘っているのだ。打撃主体のキックボクサーになったのも、プロレス技と無縁の戦闘方法を選んだ結果なのだ。

呆然《ぼうぜん》とする俺をよそに、記者連中は突然のスクープに騒ぎ立てていた。

「つ、つまり両選手には接点があったと」

「因縁の対決ってことですよね」

「こりゃあ特ダネだ」

鳴り止まぬシャッター音に、ペンを走らせる音とパソコンの打鍵音が混ざる。土砂降りの雨に似た響き——嵐がそこまで迫っている証拠だ。

いっぽうのボルト陣営はこの想定外のハプニングを好機と捉えたらしい。スタッフに指示を飛ばす馳部の顔は金脈を見つけた喜びで上気している。唯一、カイエナだけがあからさまに浮かぬ顔で、記者の輪から離れた位置に突っ立っていた。

喧騒《けんそう》と混乱を前に、俺は腕組みをしたまま考え続けている。

役目は果たしたと思っていた。旧友を支え、恩人を見送り、稼業に見切りをつけて、次の世代へバトンを渡す——やるべきことはすっかり終えたつもりだった。

だが——もうひとつ、忘れ物があったとは。

さて、この状況をどう転がすべきか。窮地を逆に利用する手はないか。

一分ほど悩んでから——俺は静かに起立した。

「ずいぶん威勢のいいこった。小僧ッコを二、三匹ブチのめしただけだろうに」

「二十一人です。二十勝一引き分け。引き分けた相手も顎が砕けてしまいましたから、全員をブチのめしたと考えていただいても、よろしいんじゃないですかね」

野獣が意気揚々と反論する。とんでもない人数に戦慄したが、表情には出せない。流れる汗を気取られぬよう、頭を搔《か》くふりをして指で滴を拭った。

「はン、俺の半分も壊してねェだろ。それで鼻高々たァ、お里が知れるぜ」

強気な言葉に報道陣が色めき立つ。先ほどの女性リポーターが、再び手を挙げた。

「あの、いまの発言は一連の報道が事実だという意味でよろしいんですかッ」

「うるせェ、そんなもんはお前ェさんたちが試合を見て判断しな」

「と……いうことはッ」

週刊誌の記者が叫ぶ。たっぷりと間を置いて、答えた。

「参戦するぜ。ガラ、もう一度プロレスをきっちり教えてやらァ」

おおっ、と声があがるなか、捕食者がのっそりと迫ってきた。

「ずいぶんと自信過剰なコメントですね。さすがは嘘つきのプロレスラーだ」

軽口を鼻で笑ってから、再び口を開く。

「おうともよ。こちとらリングで三十年もメシ食ってんだ。小便漏らして逃げだしたヒヨッコたァ年季が違うぜ」

骸崎のにやけた顔から、一瞬で表情が消える。

「……半殺しにするつもりでしたが、気が変わりました。完全抹殺します。あんたも、プロレスも息の根を止めます」

「お、物騒な台詞《せりふ》だねェ。さすがはプロレスラーになりそこねたヒヨコちゃんだ。ま、どんな世界でも青二才よりロートルのほうが強いってことを証明してやらァ」

茶化す俺に狼がにじり寄る。触れんばかりに顔を近づけるふたりへ、フラッシュが雨粒のように降り注いだ。

これで、もう戻れない。獣の縄張りへ足を進めるしかない。

「ヒョウさん！」

唐突な叫びに、光の雨が止む。

記者席の最後尾に、よく知るスーツ姿の男が立っていた。新館四郎——古巣の時分に苦楽をともにした元アナウンサー。だが、現在はテレビ局の要職に就いているはずだ。すくなくとも、こんな場所にのこのこ顔を見せるような立場ではない。

「アラ……お前ェがなんで此処《ここ》に」

呆《ほう》ける俺を置き去りに、司会者が場をとりなそうとマイクを握った。

「ええと、申し訳ありませんが予定時刻を超過しておりますので、質問はもう……」

なにかを察したのだろう、馳部が注意のアナウンスを止めた。すぐさまスタッフが後列へ走り、新館にマイクを手渡す。

「改めまして、大和放送の新館と申します。一点だけ、質問するために参りました」

「……なんでも聞いてくんな」

一礼してから、人懐っこい旧友は姿勢を正した。

「私は十数年前、プロレス実況のアナウンサーでした。あなたはもちろん、タカさん……鷹沢選手もよく存じあげています。おふたりの関係を誰よりも知っている、そう自負しております。だから……信じられないんです」

新館が声を詰まらせる。

「殺し屋云々《うんぬん》の話じゃありません。いまのあなたが何者であろうが、正直言って……そんなこと、どうでもいいんです。興味がないんです」

こぼれた石を拾うように、ぽつ、ぽつ、と新館が言葉を紡ぐ。

「でも、あなたが鷹沢選手をわざと再起不能にしたという話だけは、どうしても納得できない。私はあの試合のとき、すでに実況チームから外れていた。それが、いまは悔しくてたまらない。真実を皆に伝えられないのが悲しくてやりきれない。藤戸選手、あの日なにがあったんですか。リングの上で、なにが起こったんですか」

「……別に。俺が壊した鷹沢は、いまも懸命に闘っている。それが事実だよ」

ようやくそれだけ言うと、新館の視線を避けるように顔を伏せた。

再びカメラの攻勢が俺を襲う。フラッシュの雨が降り注ぐ。本物の滴ではないはずなのに、身体が冷えていく。

ふと、既視感をおぼえた。この冷たさを俺は知っている。

病室で感じた空気、罪と罰の部屋に漂う瘴気《しょうき》、あの空間を包んでいる、死の寒気。

そうだ、友に会わねば。

凍えてしまう前に、最後の邂逅《かいこう》を。

3

「冷えるなあ。明日は雪らしいぜ」

ベッドの横に立ち、目を瞑《つむ》ったままの鷹沢雪夫へ声をかけた。ベッドの上の旧友はいつもと変わらず無言を貫いている。代返よろしく、周辺の機器が電子音を鳴らした。

この十五年繰りかえされてきた病室での〈儀式〉。無言と沈黙の交歓。残酷な現実を嚙《か》みしめる懺悔《ざんげ》の時間。それも——今夜で終わりだ。

「……最後のリングが決まったよ。憶えてるかい、あの小便垂れのガラが相手だとさ。笑っちまうだろ」

同意するように北風が窓ガラスを鳴らす。その音に導かれ、視線をおもてに向けた。

空は深い闇に包まれている。いつもなら瞬いている星も、今日は見えなかった。

「石倉や羽柴はセコンドにつきたがっていたが、全員断ったよ。非難を飛び火させるわけにはいかねェからな。背負うのは、俺ひとりで充分だ」

窓の外から視線を動かさぬまま、言葉を続ける。

「骸崎の狂気を生んだ原因が俺だとすりゃあ、引導を渡してやるのも俺の責任だろ。その考えは……間違ってるのかな」

問うように空を睨む。今度は、窓はなにも答えなかった。

吐息を漏らし、友に向きなおる。そろそろ去り際だ。別れの言葉は、軽いにかぎる。

「しかし、ようやくのんびりできると思った矢先にこれだぜ。冗談じゃねェよなァ」

「本当、冗談じゃないわよ」

声に振りかえると、大曽根律子が仁王立ちで入口を塞いでいた。深夜の見舞いを見逃してくれる看護師長。奈良ほど辛辣ではないが、決して甘い性格の人物ではない。

「いつも五分だけって言ってるのに、今日はもう二十分も経ってるじゃない」

慌てて腕時計へ目を落とすと、針がずいぶん進んでいる。気づかぬうちに、ことのほか時間が経っていたらしい。

「すいやせん、もう行きますんで」

ハンチングを被《かぶ》りなおした俺に、大曽根がもう一度「冗談じゃないわよ」と言った。

「なんで今日にかぎって……記者会見であんなことを言った日にかぎって、こんなに長居してるのよ。まるで……お別れに来たみたいじゃない」

鋭い言葉に胸が詰まる。最後の台詞は聞こえなかったふりをして軽口を叩いた。

「おっ、記者会見をテレビで観《み》たんですかい。俺ァいい男に映ってましたか」

大曽根が、きっと顔をあげた。

「胸のこと、奈良先生から聞いたわ。やっぱりお別れのつもりなのね」

今度は俺が押し黙る番だった。

イエスと言ってしまったら、現実の重さに覚悟が揺らぐ。ノーと答えれば、誓った覚悟が嘘になる。どちらでも怒られるなら、口を噤《つぐ》むのが最善の策だ。

さあ、好きにしてくれ。怒鳴るなり殴り飛ばすなりやってくれ。

待ち構える俺の前で、大曽根が病室の隅へ置かれている丸椅子を手に取った。

「私ね……看護師になってから今年で二十五年になるの。そりゃあ、いろんなことがあったわよ。嬉しいことも、苦しいことも……いや、苦しいことのほうがちょっぴり多かったかしら。こんな職業ですもの、仕方ないんだけど」

独白を続けながら、椅子に腰をおろす。

「長く人を見続けているとね……生きるってなんなのか、ときどきわからなくなるの」

いつもの俺を諌《いさ》める口調とは、あまりに違う口ぶり。

揶揄《やゆ》する気力はもうなかった。

「延命治療を施して、身体じゅうにチューブを突き刺して……もちろん、それが悪いなんて思ったことは一度もないわ。リングで揉《も》みあうのがあなたの闘いであるように、どんな手を使ってでも病気を倒すのが私たちの闘いですもの……けれども」

ふいに雲が切れ、月光が部屋を照らす。白衣がうっすら輝いた。何処《どこ》で目にしたものだったか、俺は法衣をまとった聖女の宗教画を思いだしていた。

「けれども、〝生きている〟と〝死んでいない〟のあいだには、とてつもない距離があるのかもしれない……あなたを見ていると、そんなことを考えてしまうの。〝どれほど長く生き延びるか〟より、〝どれだけその瞬間を輝かしく生き抜いたか〟を望む生き方もあるのかもしれない。だとすれば私には、あなたを止める権利はないいんだと思う。だって……あなたが〈生きる〉場所はリングなんだから」

と、黙ってこちらを見つめていた大曽根が、おもむろに相好を崩した。

「ごめんごめん、やっぱり上手《うま》く言えないものね。クサいだけの台詞になっちゃった。いつものお説教モードじゃないと、調子が出ないな」

「いや……ちゃんと伝わりやしたぜ」

「だったらよかった。ありがとう」

表情に微笑《ほほえ》みを残したまま、大曽根がゆっくりと立ちあがる。

「さて、前段はこのへんで終了。ここからが本番、口に苦い良薬の時間よ」

〈お説教モード〉に戻った聖女が「どうぞ」と廊下へ呼びかけた。声に応じ、ドアがゆっくりと開く。立っていたのは——鷹沢理恵だった。

「……あんた」

愛する家族を、俺に奪われた娘。

世界でもっとも俺を憎んでいる、嘆きの天使。

絶句する〈父の仇《かたき》〉を、理恵はじっと睨んでいる。射貫《いぬ》くような視線に耐えられず、俺は大曽根を詰《なじ》った。

「どういうことですかい」

「奈良先生から頼まれたの。あなたが病室に来たら、鷹沢さんのご家族を呼んでくれって。〝あいつ自身の口で真実を告げるべきだ〟と言っていたわ。私も同感よ」

「あんたも、あの人も……本当にお節介だな」

「あら、そんなのとうに知ってるじゃない」

「……俺に、真実を告げる権利なんてありませんや」

「権利じゃありません。義務です」

大曽根が語気を強めた。

「あなたが語らなければ、鷹沢さんの生きた証《あかし》は誰にも知られないままになるのよ。それも棄《す》てて逃げるつもりなの？　自分だけ殉教者にでもなったつもりなの？」

俺は答えない。しばらく待って、諦めた大曽根が「こっちへいらっしゃい」と廊下に告げる。

聖女に促され、理恵がそろそろと病室へ入るなり、

「死ぬんでしょ」

静かに呟いた。

「奈良先生から聞いたの。あなたは死ぬつもりなんだって。私は、いまでもあなたを許す気になれない。憎む気持ちを消すことができない。でも、だからこそ本当のことを知りたい。十五年前、あなたと父のあいだでなにがあったのか。こんな目に遭わせておきながら、なぜあなたが父を支え続けているのか。プロレスを続けているのか。どうせ死ぬつもりなら……その前に教えて」

俺を促すように、鷹沢の人工呼吸器が、ひときわ大きく音を立てた。

そうだよな、タカ。

この子には、伝えておくべきだよな。遺《のこ》しておくべきだよな。

傍らで眠る好敵手に視線を送ってから、俺はゆっくりと口を開いた。

「あんたの親父《おやじ》さんは、俺と違って小細工の苦手なレスラーでね。まっすぐで一本気、粘り腰に定評がある反面、生真面目すぎて駆け引きができない。そんな男だった」

すっかり青白くなった横顔に、若かりし頃の笑顔が重なる。

白い歯を見せて笑う、快活な青年の幻が二重写しになる。

「だからこそ俺は鷹沢が好きだった。小手先で翻弄する自分と違い、不器用で実直に闘う姿が羨ましかった。ある先輩レフェリーにファイトスタイルを窘《たしな》められたときも、がむしゃらになれるよう、鷹沢の顔を思い浮かべて試合に臨んだくらいだ。いつも、俺たちは支えあっていた。励ましあっていた。だが」

だが——そこまでひといきに話し、言い淀《いよど》む。誰にも知らせなかった真実の小箱。その蓋へ手をかけるべきか、この段になっても躊躇《ためら》ってしまう。

開けろ、藤戸——はっとする。鷹沢の声が確かに聞こえた。

「だが……あの日」

月光のなか、俺は祈りに似た気持ちで、告白をはじめた。

4

「……おい、大丈夫か。ヒョウ」

徳永が俺の背中を思いきり叩く。勢いよく「押忍《おす》」と返事をしたつもりだったが、舌が乾いている所為で「ウシ」と間抜けな声が漏れるだけだった。それを聞くなり、隣の鷹沢が腹を抱えて笑いはじめた。

「ウシってなんだよ、ウシって。そんなに硬くなってんのかお前」

「いや、そりゃ緊張もするだろうが。初めてのチャンピオンシップだぞ」

俺の抗議にも鷹沢は爆笑を止めなかった。その剛胆ぶりに呆れかえる。団体の至宝、ベルトを懸けた試合がまもなく始まるというのに、なぜ平然としていられるのか。

理解に苦しみながら、俺は袖口から会場の様子を確かめた。

都内にある二千人収容のホール――通称〈聖地〉は、セミファイナルの最中だった。昂《たか》ぶる気持ちの所為だろうか。ひな壇を埋め尽くした観客の歓声と手拍子と野次。いつもより遠くに聞こえるのは、昂ぶる気持ちの所為だろうか。

「鷹沢、満員のホールを見てみろよ。他人事《ひとごと》じゃねえんだぞ。俺たちふたりがメインイベントの主役なんだぞ。どうして不安にならねえんだ」

「お前だからだよ」

笑みを消し、鷹沢が向きなおった。

「別なヤツなら不安になったかもしれない。でも相手は他ならぬ藤戸、お前なんだ。信頼してぶつかり、信頼してぶつかってもらえる、一番の相手なんだ。不安を感じる要素なんてないだろう」

あまりにもまっすぐな台詞に、言葉を失う。そうだ、コイツはそういう男だった。

「……お前の言うとおりだ。全力でぶつかるだけだな」

強く頷いたと同時に、徳永が俺たちの前に立った。今日はわざわざレフェリーの業務を休んで、若僧ふたりのエスコート役を買って出てくれたらしい。

「いいかお前ら、責任重大だぞ。余計な〈味付け〉がないということは、素材で勝負しなくちゃならないんだからな」

居酒屋の店主のような喩《たと》えが可笑《おか》しかったが、笑う余裕はなかった。

トクさんの言うとおりだ。今日の試合は純粋な闘いを見せなくてはいけないのだ。このエンペラー・トーナメントで、新時代の扉を開くのだ。


日本有数のプロレス団体《ネオ・ジパング》で一年に一度開催される、エンペラー・トーナメント。総勢十六名が二週間にわたってしのぎを削る過酷な勝ち抜き戦。この、優勝すれば団体の顔となるトーナメントに、俺と鷹沢は若手枠で抜擢《ばってき》されていた。

下馬評では「ベテラン悪役かエース格の中堅が優勝するだろう」との予想が大勢を占めた。事実、マスコミが意気込みを取材しに行くのはその二人だけ。俺たちに話を聞こうとする人間は誰もいなかった。技量はともかくファイトスタイルが地味な俺と鷹沢は、団体を背負う器ではないと軽んじられていた。

「その評価、変えてやるよ」

試合前日に道場で漏らしたその言葉を、鷹沢は実力で証明する。一回戦でベテランヒールに流血させられながらも粘りに粘って大金星を挙げ、続く準々決勝では職人肌レスラーの関節技を耐えきり、電光石火の丸めこみで勝利をもぎ取った。

こうなっては俺も奮起しないわけにはいかなかった。力自慢の外国人選手をわざと怒らせ、凶器攻撃での反則勝ちを奪取。次戦では喧嘩《けんか》殺法を標榜《ひょうぼう》する中堅を場外へと誘いこみ、リングアウトに持ちこんで白星をおさめた。斯《か》くして連勝を重ねた俺と鷹沢は、とうとう決勝の舞台まで登りつめたのである。

だが、先輩や記者からは「あのふたりで大丈夫なのか」と不安の声が聞こえてきた。もっともな意見だ。俺たちには派閥の対立もなければ善悪の区別もない。軍団抗争や因縁などといった〈味付け〉のない闘いは、テーマやドラマの見えにくさゆえ観客が肩入れしにくいリスクを有している。決勝が凡戦で終わればトーナメントの存在意義自体が問われかねない。団体の威信が揺らぎかねない。

新たな時代の扉を開けるも閉めるも、俺たち〈素材〉にかかっていたのだ。これで緊張するなと言うほうが無理な話だろう。

袖口からリングを覗《のぞ》く。セミファイナルの試合はすでに佳境に入っている。活を入れようと頬を叩く俺に、徳永が耳打ちした。

「ヒョウ、お前の腕前については、俺はなにも心配してねえ。ただ、お前はときどき慢心する癖がある。自分の技術に酔い、相手を舐《な》めてかかる。そこだけ気をつけろ」

今度はしっかり「押忍」と答える。

満足気に微笑んでから、徳永は鷹沢の両肩を叩いた。

「タカ、お前はヒョウと違って不器用だ。そして、その不器用さがいちばんの武器だ。がむしゃらさで客の心を動かせ。風が変われば勝敗も変わる。わかったな」

鷹沢が無言で頷いた直後、先輩選手のテーマ曲が場内に流れた。セミファイナルが終了したのだ。つまり、次は俺たちの――

「よし、行ってこい！　ゼニの取れる〈志合〉をしてこいよッ！」

叫ぶ徳永に一礼してから袖口に立ち、テーマ曲がかかるのをじっと待つ。

と、鷹沢がおもむろに声をかけてきた。

「藤戸……今日は〈クーガー〉を出すつもりなのか」

「当たり前だろ、苦心して編み出した必殺技だ。ここいちばんでお見舞いしてやる」

「絶対に手加減するなよ」

リングを凝視したまま、鷹沢が力強く言った。

「俺は、どんなに急角度でも受けとめる。その自信がある。だから、全力で頼む」

「もちろんだ」

最後の言葉は、テーマ曲の轟音《ごうおん》にかき消されてしまった。

リングアナが「二十分経過！」と叫んだ。そんなに経っていたのか——驚きながら呼吸を整え、鷹沢との距離をはかる。

試合は一進一退の攻防が続いていた。

中盤までは技術に長《た》けている俺が優勢だったが、鷹沢は何度やられても起きあがり、すがりついてきた。会場の声が次第に鷹沢贔屓《びいき》へと変わっていく。

泥くさいファイトが本当に風を変えたのだ。あいつだけではない。この舞台をいま動かしているのは、俺たちなのだ——その事実に武者震いした。浴び慣れたはずのカクテルライトが、いつもより眩しく感じられた。

華麗な空中技も派手な投げ技もいっさいなかったが、観客は確かに熱狂していた。リングのふたりと一緒になって、扉をこじ開けようとしていた。あとひとつ、大技を決めたほうが勝利を摑む。誰もが確信していた。ナイフを喉もとへ突きつけあっているような緊張感に、会場の全員が固唾《かたず》を吞んでいた。

わずかな隙をつき、鷹沢が起死回生のドロップキックを放った。すんでのところで爪先を躱《かわ》し、マットへ落ちた背中にエルボーを落とす。

チャンスだ——激痛に呻《うめ》く鷹沢の髪を摑んで強引に起こすと、俺はすばやく背後にまわって〈バンザイ〉の姿勢を取らせ、掌で両目を覆った。次の技を察した観客から悲鳴があがり、会場の空気がびりびりと震えた。

ご名答。伝家の宝刀、クーガー・スープレックス。これで、これで――

「これで、終わりだあッ！」

背筋に力をこめて弓なりになった瞬間、先ほどの台詞が頭をよぎった。

絶対に手加減するなよ――。

本当か。本当に手加減しなくて大丈夫か。不器用なお前が受け止めきれるのか。

迷う、迷う、迷う――気づけば俺はわずかに反りを緩め、甘い角度で投げていた。

「信じろッ」

宙空で鷹沢が叫び、自重を上半身へとずらして無理やりブリッジを鋭角に変えた。

この馬鹿ッ、自分で危険な角度に――止めろと叫んでから、もう遅いと気がつく。すでにふたりは大きく弧を描いている。

どうする藤戸。強引に緩めの投げに戻すか、それともこのまま落とすか。

ほんの一瞬、俺は判断を躊躇った。この期に及んで、まだ鷹沢を信じきれなかった。

腕が緩み、バランスが崩れる。傾《かし》いだ姿勢のまま、俺たちはマットに叩きつけられた。

振動、静寂、絶叫。なにが起きたかわからなかった。

視界が歪《ゆが》んでいる。耳鳴りが煩《うるさ》い。朦朧《もうろう》とする頭を振って起きあがると、マットを取り囲む選手たちが目に飛びこんできた。

「なにしてる、早く担架を持ってこい！」

「馬鹿、むやみに動かすな！　救急車呼べ！」

ふらつきながら人の輪に近づき、覗きこむ。

そこには、友が居た。

顔から血の気が引いた鷹沢が、大の字で横たわっていた。


「……プロレスは、相手を信じて相手を倒す、矛盾した競技だ。その理屈で言えば……あの日、俺はプロとして死んだんだよ」

話を聞き終えた理恵が、顔を伏せる。大曽根が長々と息を吐《つ》く。

ふたりの慟哭《どうこく》が落ち着くのを待って、俺は再び告解する。

「……俺が鷹沢を支え続けてる理由については、まだ言ってなかったよな」

ゆっくりと顔をあげ、理恵が頷いた。その瞳が潤んでいるように見えたのは、気の所為ではないだろう。

「プロレスラーと格闘家の違いは、なんだかわかるかい」

「え……」

一瞬戸惑ってから、考えこむ。眉間に皺を寄せて悩む表情が生真面目なあいつにそっくりで、今度は俺が俯《うつむ》いてしまう。

「相手の技を、受けるところ……ですか」

「たしかにそれも正解だな。だが、今回の答えとしちゃあ間違いだ。プロレスには、〈時間無制限一本勝負〉ってのがあるのさ。他の格闘技では、ほとんど採用されない試合形式だ」

「無制限……どちらかが勝つまで終わらないってこと？」

「そう、インターバルも給水も、セコンドのアドバイスさえもない、孤独で長いファイトだ。そんな死闘をこなせるのはプロレスラーだけなんだ。猛攻に耐えて、耐えて、さらに耐えて、それでも諦めずに闘い続けたすえ、勝利のゴングを聞く。それができる選手こそ、本当に強いプロレスラーなのさ。そして、あんたの親父さんはこの時間無制限一本勝負が得意だった。さっき言ったように、粘り腰がウリの選手だった。だから」

ひと呼吸置いて、理恵の顔を真正面から見据える。

「今度の〈試合〉だって、勝つに決まっている。どれだけ時間がかかったとしてもな」

俺はそう信じている。

だから、支え続けるんだ。勝利の瞬間まで。

それきり、誰も口を開かなかった。電子音が俺たちの代わりに泣き続けていた。

「……だったら」

理恵が静寂を破り、指で目尻を拭いながら嚙みしめるように呟いた。

「だったら、それをあなたの次の試合で証明してください。レスラーは強いんだと、最後には勝つんだと証明してください」

「……誓うよ」

ハンチングを目深に被りなおし、宣言する。途端、大曽根が「冗談じゃないわ」と叫んだ。

「誓うよ……ですって。どれだけクサい台詞を聞かせる気なの」

「クサい台詞はお互いさま、これで引き分けでしょうや」

「奈良先生だったら、〝あたしの耳が腐らないように、舌を切り取ってやる〟と吐き捨てるところよ」

「違《ちげ》ェねえ。じゃあ、奈良の先生に〝胸と一緒に舌の手術もお願いします〟と伝えておいてくださいや」

「もちろん、麻酔なしでね。試合の百倍痛いわよ」

挨拶代わりにハンチングの鍔《つば》をわずかに指で押しあげ、病室をあとにした。

鷹沢に別れの言葉はかけない。俺は再び、この部屋を訪れる。

絶対に。

5

暗い廊下の先――待合室のベンチに、よく知るシルエットが座っていた。

「やっぱりお前ェさんかい」

声に、人影がおもてをあげた。

海江田――今回の騒動の立役者。真実の探求を謳《うた》う腕利きのハイエナ。

消火栓のランプに赤く照らされたその顔は、痛みを堪えるように歪んでいる。

「鷹沢の娘が部屋に入ってきたあとも、廊下に人の気配があったんでな。すぐにわかったよ。しかし、盗み聞きたァ相変わらずの出歯亀だ」

「ご挨拶ですね、俺が来ると知っていたくせに」

一人称が〈俺〉に変わっている。仮面をすっかり剝がしたのか。やや驚きながら、「まァな」と答えた。

「記者会見での動揺した様子を見りゃ、お前ェさんが納得してねェのは一目瞭然だ。そりゃ、来るしかねェよな。文字どおり〈動かぬ真実が眠っている〉場所によ」

くたびれた獣が力なく笑い、立ちあがって行く手を阻んだ。

「どうして、記者会見でさっきの告白をしてくれなかったんですか」

「ベラベラと喋るような話じゃねェ。墓まで持っていくつもりだったんだよ。それを掘り起こすたァ、本当に鼻が利く野郎だ。ハイエナからシェパードにでも改名しな」

「こっちはとんだ赤っ恥ですよ。得意満面でボルトに提供したネタが、まったくの見当違いだったんですからね」

「やっぱりお前ェが情報源かい。で……連中には幾らで売ったんだ」

言い終える前に、海江田が声を荒らげた。

「金なんか一銭も貰《もら》ってないッ！　俺は、真実をつまびらかにしたかっただけだ」

「前にも言ったろ、リングの上で起こったことだけが真実だって。俺は鷹沢の未来を奪った……それ以上でもそれ以下でもねェよ。じゃあな」

終幕を告げる言葉にも、諦めの悪い禽獣《きんじゅう》は引き下がらなかった。

「あんたッ、わざと俺の見当はずれな話に乗っかったんだな。そうすれば鷹沢選手に世間の注目が集まり同情が得られる。上手くいけば募金や支援に繋《つな》がるかもしれない。自分が死んだあとも治療を続けられる……とっさにそう考えたんだろ」

「〝死んだあとも〟たァ縁起でもねェ台詞だな。せめて〝引退したあとも〟くらいにしといてくれや」

笑った息が白いのに気づく。暖房の止まった待合室は、ひどく冷えこんでいた。

「なァ、教えろや。どうしてお前ェさん、そこまで〈真実〉にこだわるんだ」

身震いしながら問うた瞬間、海江田の表情が能面のそれに戻った。構わずに言葉を続ける。

「どうにも気になって、このままじゃリングに集中できねェんだ。お前ェさんの所為で負けちまうだろうが」

「勝つ気なんですか」

「リングへあがる前から、負けを考える馬鹿はいねェよ」

軽口であしらってから、壁際に置かれた自動販売機へと進む。

しばらく悩んで、缶コーヒーのボタンを押した。念のため「お前ェも要るかい」と訊いたが、海江田は立ち尽くしたまま無言を貫いている。

火傷《やけど》しそうに温かい缶を上着のポケットへねじ込み、再び海江田の前に立つ。

「こっちは真実を告げた。さあ、次はそっちの番だ」

「あなたに話をする義務なんてないでしょう」

「俺には聞く権利があるんだよ、この野郎ッ」

目を逸《そ》らした海江田の胸倉に摑みかかる。勢いで缶コーヒーがポケットから転がり、リノリウムの床に落ちた。

「墓ァ暴かれて、思い出をさんざん食い散らかされたんだ。お前ェの首根っこ摑んでキャンキャンうるせェ鳴き声を聞くくらいは許されるんじゃねェのか。冥土の土産をひとつくらい用意しても、バチは当たらねェだろうがよ」

「……冥土の土産とまで言われたら、拒めませんね」

その言葉を同意と受けとり、手を離す。海江田は脱力したまま、どさり、とベンチに落ちた。

じっと懺悔の開始を待つ。ふいに、自動販売機のモーターが唸った。何故だろう、俺は教会のパイプオルガンを思いだした。この場におあつらえ向きのメロディーだ。

「……これから話すのは単なる独り言です。あなたの耳に届いたとしても、そちらが勝手に聞いているだけですから」

「ふン、あくまで告白じゃねェってのか。強情だねェ」

笑いながら、側面のへこんでしまった缶を拾いあげる。

「耳ざといあなたのことだ、俺が大手新聞社に勤めていたのは知ってますよね」

返事の代わりに、どっかと隣へ座った。

「こんな俺にも、昔は仲間がいたんです。野上《のがみ》という同期でね。呆れるほど不器用で、堅物で、諦めの悪い……新聞記者になるために生まれてきたような男だった」

聞いたばかりの男の顔を想像しながら缶コーヒーの蓋を開け、ぐびりと呷《あお》る。予想していたよりも甘ったるい。まるで、いま聞いている思い出のようだ。

「いっぽうの俺は、どこか冷めた記者でした。器用貧乏と言うんですかね、なんでも要領よくこなせる反面、粘りに欠けていた。がむしゃらになる方法を知らなかった。ここまで性格が違う所為か、俺たちは妙にウマが合いました。プロレス風に言えば、ライバルってことになりますか。事実、あいつはいつも〝海江田には勝てないな〟とボヤいていましたが、とんでもない。俺のほうこそ、野上の無骨さを羨ましく思っていたんですよ」

「フン、ずいぶん仲良しなこった」

おぼろげだった脳裏の野上が、鷹沢に似た男へと変わっていく。

「ある日、あいつは渾身《こんしん》のネタを掴んできました。現役大臣が愛人の健康食品会社に政治資金を注《つ》ぎこんでいるというんです。公になれば大臣辞職はもちろん、政権さえぐらつきかねないスキャンダルでした。なのに、会社は記事の掲載を許可しなかった。表向きの理由は〝事実の確認が取れない〟というものでしたが、実際は違う。愛人の会社が、ウチに広告をバンバン出稿していたからです。要はお得意さまを失うまいと隠蔽したんですよ」

長広舌に疲れたのか、海江田が息を吐く。無言で缶コーヒーを勧めると、黙って受け取り、ひと口だけ啜《すす》った。

「……野上は粘った。私腹を肥やすために血税が使われるのなんて間違いだ、真実は明らかにしてこそ価値があるんだ……そんな怒鳴り声が、俺の机まで届いていました。だが、それを聞いていても自分は冷笑していた。〝式も近いのに頑張るね〟なんて馬鹿にしていたくらいです」

「式って……そのアンちゃんは結婚前だったのかい」

「ええ、三年越しの交際を実らせ、可愛《かわい》い彼女と入籍が決まっていたんです。披露宴がおこなわれたのも、大ネタを載せる載せないと揉めている最中でした。穏やかな、いい披露宴でしたよ……あの瞬間までは」

最後の言葉だけが、聞き取れないほど小さい。

「俺は、幕間《まくあい》で流すメッセージＤＶＤの上映を頼まれていました。野上とカミさんがお色直しのために退席し、司会の合図で式場の照明が落ちて……俺がデッキの再生ボタンを押すと……裸の女たちと戯れる野上の写真が、スクリーンに映しだされました」

「は？」

予想だにしない展開。缶コーヒーを危うく取り落としそうになる。

「そらァ……また、ずいぶんと過激な余興だな」

「違いますよ。誰かがＤＶＤをすり替えたんです。スライド形式で画像が次々に切り替わり、あられもない新郎の姿が次々と……繋がっている局部まで大写しになって」

海江田が言葉に詰まる。もう一度缶コーヒーを渡し、飲むように促した。

「狼狽《うろた》えた俺は停止ボタンを止めるのも忘れ、呆然としていました。そのあとはもう式どころじゃなかった。どう終わったのかも明瞭《はっき》り憶えていません。あとから聞いた話では……破談になったそうです」

「まあ、仕方ねェやな。火遊びが過ぎて、昔の女にでも復讐されたんだろ」

「結論はもうちょっと待ってください。きちんと最後まで話しますから」

「おや、これは独り言じゃなかったのかい」

海江田は答えず、ほとんど空っぽになった缶を勢いよく突き返してきた。

「数日後……会社の廊下で野上にばったり会いました。あいつは青白い顔で、たったひとこと〝信じてくれるか〟と言ったんです」

「ヘッ、どこかで聞いたような台詞だぜ。〝信じろ〟なんて改めて言われちまうと、却《かえ》って信じられなくなるんだよなァ」

カイエナに言ったのか、自分に言ったのか。

自身でもよくわからなかった。

「信じるとも信じないとも答えませんでした。答えたくなかった。ひたすら、あいつを詰《なじ》った。上映係を請け負ったおかげでこっちもいい迷惑だ……そんな言葉を延々とぶつけました。野上はじっと俺の罵倒を聞いてから、黙ってその場を去り、翌日に」

首を吊《つ》ったんです。

自販機のモーターが止まった。静寂——出来過ぎだよと笑いたくなる。

「知らせを聞いて、俺は腹を立てた。あいつは自業自得な屈辱に耐えきれず命を絶ったんだ……そう思った。この程度で逃げやがってと悲しくなった。情けなくなった。でも、そうじゃなかったッ」

闇のなかで歯軋りが聞こえた。

「ある日、パソコンで調べものをしていた俺は、野上の写真とまったくおなじアングルのポルノ画像をネット上で偶然見つけました。あれは、もとの顔をデジタル処理して野上とすげ替えた巧妙なコラージュだったんです。誰の仕業かなんてわかりません。政治家の息がかかった社員か、上層部か……式場もグルだったのかもしれませんが、いまとなっては、もう」

俺はなにも言わず、缶を逆さにして残りを一気に飲み干した。舌が甘味に慣れた所為か、やけに苦く感じる。まるで、いま聞いている思い出のようだった。

「怒りが腹の底から湧きあがりました。くだんの政治家や上層部に対してじゃない。あいつを信じてやれなかった自分への、辿り着けたはずの真実を探そうとしなかった、おのれへの怒りです。結局……その日のうちに辞表を書きました」

「急《せ》いたねェ。そんなに早く大店《おおだな》を辞めて獣に堕《お》ちる必要はあったのかい。内側から喰い破る方法だって選べただろうに」

「藤戸さんはできますか。親友を殺した人間たちのもとで、正義の仮面を被りながら平然と生き続けるなんて。俺には一日だって無理だった。犬にはなれなかった」

だから――ハイエナを名乗ったんです。

話が終わった。

ふたりとも、身体の芯が震えていた。

ぬくもりを求めて缶を握る。けれども、中身を失ったかたまりはすっかり冷たくなっていた。ベンチからのっそり腰をあげて空き缶をゴミ箱に落とし、告解を終えた男へと向きなおった。

「お前ェさん……馬鹿だよ」

俯いていた海江田が、まなざしだけを俺に向ける。

「どれだけ悪を裁いても、真実とやらを暴いても、そのダチ公が帰ってくるわけじゃねェ。世界がひと晩で変わるわけじゃねェ。単なる自己満足だと自分でも気がついているんだろ。とっくに気がついたうえで、目を瞑って見ないようにしているんだろ。それは、掃除屋が自分への罰だからだ。あえて汚れた裏道を歩くのは、戒めだからだ。お前ェは許されたいんじゃねェ。赦《ゆる》されたくねェんだ」

睨みつける目が「もう止めろ」と訴えている。

「止めねえよ」と、目で応えた。

「海江田、お前ェがするべきことは親友の人生をなぞることじゃねえ。自分の人生を生きることだよ。野上の背中を追うな。野上を背中におぶって走れ。古傷も不運も、後悔も理不尽も、全部背負って走れ。馬鹿なお前ェなら、それができるはずだ」

なにを偉そうに。どの口がヌカしてんだ、藤戸——自分で自分の言葉に呆れ果てる。目の前のハイエナも同感だったらしく、「偉そうに」と小さく吐き捨てた。

「ベラベラと……なにも知らねえくせに」

「知ってるさ。俺ァ、お前ェとおなじ性分の馬鹿だからな」

「あんたと一緒にするんじゃねえ」

「一緒だよ」

しばらく考えこんでから、海江田が口を開いた。

「……やっぱり納得いかねえ。だから、いま決めたよ。あんたと俺は違うってことを絶対に証明してやる。これからもあんたを追いかけてやる。あんたと鷹沢のあいだになにが起きたかも、どんな思いであんたが生きていたかも、余すところなく書き起こしてやる。それが嫌なら、死ぬ気で俺を止めてみろよ」

生き抜いてみろよ。

「……お前ェさんに言われなくても、ハナからそのつもりだ」

湿っぽい挑発——否、まわりくどいエールを往《い》なして、笑う。

「まったく……お前ェみてェな無鉄砲を、業界では〈トンパチ〉って呼ぶんだ。レスラーにでもなりゃよかったのにによ。いまからでも遅くねェからリングにあがってみな。こっちの世界を覗いてみな」

おどけた仕草で手招きする俺に、〈もうひとりの掃除屋〉が首を振った。

「お断りだね。俺にとってのリングは原稿なんだ。必殺技は……さしずめ、ペンだよ」

「知ってるかい、凶器は反則なんだぜ」

「おや、知らないのかよ。反則はファイブカウントまで許されるんだぜ」

俺は再び笑った。今度は、海江田もわずかに微笑んだ。

「藤戸さん、マジでインタビューさせてくれよ。俺、新聞記者時代は聞き上手で有名だったんだぜ」

「さて、どうすッかな。物騒なリングから五体満足で戻ったら、考えてやらァ」

「……戻れますよ、あんたなら」

真剣な声にひらひらと手を振り、玄関へと向かう。

自動ドアの向こうで、重苦しい色の闇が口を開けていた。

6

「お待たせしました……ピューマ藤戸選手の入場ですッ！」

リングアナのコールを受けて、スタッフが花道へ続くカーテンをめくる。俺が姿を見せると、一拍遅れてブーイングが波のように押し寄せた。さすが五万人を収容する日本最大の球場だ、観客の反応が届くまでにタイムラグが発生するらしい。

「さっさと殺《や》られちまえッ！」

「人殺しッ！」

壁面の大型スクリーンに俺の顔が映しだされるや、怒号と罵声がさらに大きくなる。無法者に対する憎しみの咆哮なのか、それとも悪党の最期を目撃できる歓喜の雄叫《おたけ》びなのか。歩きだそうとした矢先、リングへ続く一本道にペットボトルや紙屑《かみくず》が次々と投げこまれた。両端に並ぶ警備員が微動だにしないところをみると、この反応さえも《ボルト》の想定内なのだろう。「テレビ映えする画《え》だ」と喜ぶ馳部の顔が目に浮かんだ。自分に課せられた〈稀代《きだい》の殺人レスラー〉という役割を、改めて実感する。

花道で待ち構えていたテレビカメラへ煽るように中指を突きだして、舌をぺろりと見せる。観客の怒りが爆発し、降りそそぐ〈抗議〉の数が一気に増えた。

構わない。もっと罵れ。もっと煽れ。

憎まれようが責められようが、いまさらどうでもいい。結果的に鷹沢がすこしでも注目されるなら、真実など要らない。

感情を押し殺し、汚れた旅路へ足を踏みだす——直後、意外な台詞が耳に届いた。

「……彼が悪党だなんて、私は、私はやっぱり信じないッ！」

声とともに大型スクリーンへ映ったのは、実況席に座る新館だった。

そうか、今日はアラが実況だったな。

数日前のスポーツ新聞に載っていた「名物アナ、格闘技イベントで一夜かぎりの復帰」という見出しを思いだす。記者会見での遣り取りが注目を集めた結果だという。放送局に所属する人間が他社の実況を務めるなど前代未聞——記事はそんな文言に続き、関係者の「辞表を手に上司へ直談判《じかだんぱん》したらしい」との証言が載っていた。一本気な新館であれば、本当にそのくらいは遣りかねない。

「公私混同だと怒られても構わない！　職務放棄だと炎上しても構わない！　私はピューマ藤戸……いや、ヒョウさんを応援します！　闘いとはなにかを、強い男とはなにかを我々に教えてくれる彼を、支持しますッ！」

マイクへ齧りつく旧友に呆れ、かぶりを振る。

「ッたく、応援なんざ要らねェってんだ。遣りにくいったらねェぜ」

半分は照れ隠し、半分は本音だった。

今日の俺は悪役なのだ。五万人全員が敵なのだ。孤独で絶望的な闘いに、誰も巻きこみたくなかった。負けるのは俺だけでよかった。

と、花道を半分ほど過ぎたあたりで観客らしきTシャツ姿の男が警備をかいくぐり、俺の前に立ちはだかった。

「あ、あの、藤戸選手……」

驚いて、その顔をまじまじと見つめる。

何度か会場で見かけたプロレスマニアだ。解説よろしく技の名前を絶叫する姿を、ぼんやり憶えている。いつもどおりの垢抜《あかぬ》けない格好とは裏腹に、その目はなにかを覚悟し、ぎらついている。

もしや、鷹沢を壊した俺に怒り狂っているのか。制裁が待ちきれずに、自分の手で許されざる者を処刑しようというのか。

とっさに身構えた俺を前に何度か口ごもってから、男がぽつりと呟いた。

「あの、自分、ずっとプロレスが好きで。奥深さが好きで、ファンを辞められなくて。生《い》き甲斐《がい》で……だから、その」

しばらく言葉に詰まると、男は一輪の花をこちらに突きだした。

〈掃除〉を依頼する造花——ではなかった。

みずみずしく咲く、野草だった。

どうして。

造花が依頼状だと報道されているのに、なぜこの男は本物の花を。

驚きのままに会場を見まわす。

「……嘘だろ」

数名の観客が、思い思いの花を、ぽつり、ぽつりと掲げていた。

純白のポピー、大輪の向日葵《ひまわり》、鮮やかなダリア。なかには格闘技ファンとおぼしき隣客に胸ぐらを摑まれながら、必死にコスモスを突きあげる者の姿もあった。

呆然と目の前の花をつまむ。

直後、花道を駆けあがってきた警備員が男に飛びかかった。

「ほ、本物だと証明してください！　あなたの強さを、プロレスの凄《すご》さを！」

再びリングに向かって歩きはじめる俺の背中へ、羽交い締めにされたままの男が「信じてます！」と叫ぶ。

信じる。こんな俺を。プロレスを。

独りじゃ——なかったのか。

「まったく……どいつもこいつも。遣りづれえッてんだよ」

返事の代わりに、貰った花を高く掲げて歩きだす。

リングの四方は巨大な照明用の鉄柱で囲まれていた。その周囲には、無数のビデオカメラを据えた足場が組まれている。まるで櫓《やぐら》だ。なるほど、この会場は祭りの舞台なのかもしれない。なら俺は、さしずめ神への供物といったところか。

贄《にえ》を喰らう神——骸崎はすでに入場を終え、自軍コーナーでセコンドとなにごとかを話していた。破裂せんばかりに張った太腿《ふともも》、山脈を思わせる僧帽筋、指先が露出したグローブ越しでも容易にわかる、異様に隆起した拳。記者会見のスーツ姿よりも、いっそう狼じみた風貌に見える。

レフェリーが俺たちふたりを中央に呼び寄せ、ルール説明をはじめた。

「試合時間は十五分三ラウンド、ギブアップかレフェリーストップ、またはKOかTKOで決着です。ダウンした場合はテンカウントでKO。金的、凶器攻撃は反則ですが、それ以外はすべて……」

歓声に負けじと張りあげる声を聞き流しつつ、俺は骸崎を正面から見据えた。

「ガラ……悪かったな」

「いまさら命乞いですか。手遅れですよ、センパイ」

「そうじゃねェ、俺ァ後悔してんだ。お前ェに、プロレスの厳しさをもっとしっかり叩きこんでおきゃよかったとな。そうすりゃあ、その先にあるプロレスの楽しさも、きっちり教えてやれたのによ」

ロートルの懺悔に、銀狼が首をすくめる。

「意味不明です。遺言なら、わかりやすい言葉でお願いしますよ」

「安心しな。言葉じゃなく、身体で教えてやるからよ」

ウインクする俺へ骸崎がにじり寄った。レフェリーが慌ててあいだに割りこみ、コーナーへ戻るよう促す。

祭りの開始を知らせるゴングが、会場にこだました。

残響が、心電図モニターのアラームにそっくりだと気づく。

眠る友の顔が、脳裏に浮かぶ。

7

「さあ、闘いの火蓋がいま切って落とされたあッ！」

新館が吠《ほ》えると同時に骸崎めがけてスライディングし、カニばさみを試みた。ダッキングで後退した捕食者が大ぶりのローキックで牽制《けんせい》する。俺は寝転んだ状態で足を突きだした。転がされた亀のような姿勢――見た目は間抜けだが、打撃主体の選手には効果的なポジションだ。

対峙するふたりに興奮した観客がどよめく。地鳴りのような声がドームを揺らしている。仰向《あおむ》けの俺を見下ろしながら、狼がマットに唾を吐いた。

「なんですかその格好。見苦しいですよ、藤戸センパイ」

「ヘッ。マットに寝そべって応戦するなァ、対格闘技戦の定石だろうが」

「化石ばりの古いセオリーですね。もう通用しませんよ、ほらッ」

言うなり、獰猛な対戦相手が俺のアキレス腱《けん》を真上に蹴った。

足が跳ね飛ばされた次の瞬間、骸崎は浮いた爪先を捕獲すると、みずからの足を高々と振りあげた。膝ねらい――とっさに摑まれた踵《かかと》をもう片方の足で蹴りつける。強引に逃れた直後、骸崎の足裏がマットを踏み抜いた。

とんでもねェ野郎だ。容赦ない攻撃を仕掛けてくると踏んではいたが、まさか真上から膝頭を思いきり壊しにかかるとは。

後転して距離を取り、怒気に満ちた顔を睨みつけながら立ちあがる。緊張の所為か、すでに俺の呼吸は荒くなっていた。流れる汗が冷たい。脈がうるさい。

「ずいぶんエグいストンピングだねェ、足がV字に曲がっちまうぜ」

コンディションを悟られぬよう軽い口調で吐き捨てる。俺の言葉に、骸崎が表情を歪めた。

「止めてくださいよ、ストンピングなんてプロレスじみた言い方」

「この試合ァ全国に生中継されてんだろ。もっとお茶の間向きでソフトな攻撃にしたほうがいいんじゃねェか」

「プロレスと違って真剣勝負ですから。アクシデントはつきものでしょ」

不敵に笑うや、骸崎がファイティングポーズを変えた。

左半身を前に向け、両の拳を握った構え。目の前の若僧が空手の黒帯であったのを思いだす。いよいよ十八番の打撃へと転じるつもりらしい。

ということは一撃必殺、KO狙いだな——距離を取りながら頭のなかで作戦を練る。拳を避けて懐に入り、そのまま脇固めか。もしくは蹴り足を小脇に捕らえ、アキレス腱を極《き》めるか。さあ、どう来る。どう攻める。

と、骸崎がわずかに後退した。ナックルの兆し——すかさず身を屈《かが》め前進しようとした刹那、弧を描いた足の甲が太腿めがけ迫ってきた。

拳じゃない、ローキックか。慌ててディフェンスの体勢を取ったと同時に、骸崎がすばやく足をおろした。

しまった、最初の蹴りがフェイントか。

気づいたときには遅かった。ひねりを加えた正拳突きが、脇腹のどまんなか、肝臓めがけて命中していた。打ちあげ花火よろしく放射状に痛みが広がっていく。腹部を殴られたはずなのに、首の骨が折れたような錯覚をおぼえる。

なるほど、研ぎ澄まされた拳は身体全体が「痺《しび》れる」のか。

新たな発見に納得した直後、今度はすぼめた爪先がみぞおちに深々と食いこんだ。真っ赤になった鉄パイプで身体をこじ開けられたような感覚。しなやかなキックは「焼ける」のだと知りながら、必死で嘔吐《おうと》をこらえる。

ガラめ——こちらの〈職業病〉を熟知してやがる。

組みつく瞬間に生まれる一瞬の隙。反射的に相手の技を受けようと身構えた結果、ディフェンスが遅れてしまう習性。レスラーの身体に染みついた癖を、骸崎はすべて把握し、利用している。「プロレスハンター」なる肩書きが単なる売り文句ではないことを、否応《いやおう》なしに実感させられた。

じりじりと距離をはかりながら、打開策を考える。投げ技も駄目、絞め技も不可能。打撃は言うにおよばずグラウンドにも持ちこめない。こちらの狙いはすべて読まれている状況。どれも致命傷に至っていない点だけは、いささか予想外だった。

もしかして、どこか負傷しているのか。ならば、このままチャンスを窺《うかが》っていれば、あるいは勝機が——活路を見いだそうと、骸崎の表情をたしかめる。固く結んだ唇に、落ち着いた瞳孔。呼吸と興奮を制御している証——瞬間、俺は狼の真意を悟った。

コイツは瞬殺など狙っていない。俺をなぶり殺しにするつもりだ。

腕を折って足を砕き、臓腑《ぞうふ》を潰して腱を切り、完膚なきまでに叩きのめす。「たまたまいいのが一発入っただけだ」などと反論される余地を残さぬよう——つまり、プロレスそのものを完全に葬る腹積りなのだ。

「じゃあ、そろそろ終わりますか」

こちらのダメージを察した骸崎が、ここぞとばかりにコンビネーションを放った。鉄拳を防いだはずの腕が弾《はじ》かれ、蹴りをガードした膝が跳ね飛ばされる。集中力が一瞬とぎれ、防御が緩む。直後、怒れる狼が高く跳ねた。

飛び膝蹴りだ――察知したときには、すでに俺の顎は真横に打ち抜かれていた。

チューニングがずれたテレビ画面のように、視界が左右に揺れる。天井が回転する。

意思とは無関係に、身体が後方へ倒れていくのがわかった。

観客が一斉に床を踏み鳴らす。声援が「殺せ」コールに変わるなか、俺は大の字になったまま、自分の肉体と相談していた。

おい藤戸、このダウンはさすがに不味《まず》いぜ――。

直撃こそ免れたものの、ダメージが浅くないのは明白だった。腰が疼《うず》き、足も腕も力が入らない。どうすべきか問いかけた身体が「このまま倒れてな」と答えた。

そうだよな。あと少しこうしていれば、すべてが終わるんだよな。

瀕死《ひんし》とはいえ生きてリングをおりられる。ほとぼりが冷めてから胸の手術を受け、静かに余生を過ごせる。悪くない選択だ。軽蔑されるかもしれない。嘲笑されるかもしれない。だとしても、生き延びることができるじゃないか。

カウントが淡々と進んでいく。起きあがる気力さえない俺は、ぼんやりと大型スクリーンを見つめた。テレビカメラは最前列を映している。周囲の客を殴らんばかりに腕を振りまわす石倉の姿。その隣には後輩の羽柴誠、俺が〈掃除〉した葛城アキラと妹のアキナが顔をそむけている。仏頂面でリングを凝視する、大和プロレスの那賀や元レフェリー徳永の顔もあった。

だとすりゃあ、次はあの間抜け面だな。

予想どおり、続いて紫の覆面が大写しになった。ヤンキーマスク——バトンを託したはずの泣き虫は、あんのじょうマスクをびたびたに濡《ぬ》らしながら叫んでいる。その姿があまりにも無様で、思わず笑ってしまう。

まったく、会場にまで安っぽい布きれを被ってくる馬鹿がいるか。こんなことなら、お前ェさんとの散々なタッグマッチで引退しときゃあよかったぜ。そうすりゃあ、こんな目には——

「あ」

脳内に稲妻が走る。なにかが引っかかった。

固く結ばれた靴紐《くつひも》がわずかに緩んだような、もどかしい糸口。心の底へ手を伸ばす。記憶の結び目に指が触れるなり、これまでの試合がフラッシュバックした。葛城との試合、那賀との一戦、徳永を交えての三つ巴《みどもえ》、河童《かっぱ》に扮《ふん》してのタッグマッチ——

これだ。

するりと紐がほどける感触。時計の針が動く。

瞬間、俺は立ちあがっていた。

「なんだ、生きてんじゃん」

「とっとと死ねよ、つまんねえな」

「骸崎ぃ、殺しちまえ！」

失望と落胆の声が場内を包むなか、レフェリーがダウンカウントをナインで止め、こちらに駆け寄ってきた。

「大丈夫か、藤戸。闘えるか」

「当たり前ェだろ。だから立ったんだろうが」

よろめきながらファイティングポーズを取る。ぐらつく頭のなかで、奈良の言葉が、徳永の台詞が、大曽根のひとことが反響していた。

そうだった。レスラーにとって生きるとは、リングから五体満足でおりることじゃない。最後まで闘い続けることだ。生き延びるのではない、生き抜くのだ。

リングサイドが慌ただしくなった。スタッフらしき男に、馳部がなにかを指示している。残酷な見世物ショーになりそうな気配を感じ、慌てているのか。もしくは殺人レスラーの最期をどう演出しようか打ち合わせているのかもしれない。

憤りに目の奥が熱くなる。なにが殺人レスラーだ。勝手な物語をこしらえて俺の人生を弄ぶんじゃねえ。俺の物語は、俺自身がリングで作るんだ。この四角い舞台は、俺のものなんだ。

さあピューマ、吠えてやりな。お前の時間だぜ。

深々と息を吸ってから、俺は〈手四つ〉の姿勢を見せた。

プロレスならではの組みあい、序盤のお約束。格闘技にはあまりに場違いな俺の姿がスクリーンへ大写しになるや、嘲笑と野次が会場を埋め尽くした。

「プロレスじゃねえんだぞ！」

「誰が組むかよ、バカ！」

「舐めんのもいい加減にしろ！」

リングめがけて空き缶や紙屑が舞う。リングアナが「物を投げないでください！」と絶叫していたものの、効果はあまりないように見えた。

「……なんの真似《まね》ですか」

骸崎の顔からは笑みが消えている。

「プロレスをイロハのイから教えてやる……そう言っただろ」

混乱した捕食者が、自軍のコーナーへ視線を送る。トレーナーらしき男が「単なるブラフだ！　気にするな！」と首を横に振った。その指示に頷いてから、骸崎は俺のがら空きになったボディめがけて、躊躇《ちゅうちょ》なくブローを叩きこんだ。

とっさに腹筋へ力をこめたものの、ハードストライカーの猛打の前には焼け石に水だった。弾丸が腹を貫通したかと思うほどの痛み。全身の毛穴が一気に開き、指先が氷水へ浸したように冷えていく。それでも俺は手四つを崩さない。なおも拳が刺さる。刺さ

る。刺さる。

「オイ！　オイ！　オイ！」

肉を打つリズミカルな音に合わせて観客が煽り、手拍子を鳴らす。誰がどう見てもクライマックス間近——しかし、当の俺自身は冷静だった。

読みどおりだ。

この体勢なら攻撃箇所は限定される。急所さえ防いでおけば不意打ちでダウンする可能性は低い。次の局面まで持ちこたえるには、これしかない。

まだだ。もう少しだけ堪えてくれ。我が身に訴えながら、じっと待つ。

サンドバッグになってから三分が経ったころ、ようやく「次の局面」が訪れた。

「……藤戸ォ、意外と根性あるじゃねえか！」

観客の嘲りがゆっくりと消え、入れ替わるように俺の名前が聞こえはじめた。

「おい、ピューマと組みあってやれよ！」

「ちょっとプロレスやってみろ、骸崎ィ！」

風が変わった。鷹沢のときと——おなじだ。

観客は浮気性なのに正直で、誠実なくせに下衆《げす》だ。そんな彼らの声はときに試合を揺さぶり、勝敗を左右し、運命をねじ曲げる。ベテランの自分は何度も味わってきた、それこそ鷹沢との試合でも痛感した、苦くて甘い番狂わせ。しかし、骸崎にとっては未知の経験のはず。そこにひとすじの希望を賭けたのだ。記者会見で過剰に煽ったのも、入場時にヒートを買うよう仕向けたのも、すべてはこの瞬間のためだった。

予想は的中——骸崎はあきらかに戸惑っていた。

なかなか倒れないロートル、いつのまにか自分を揶揄している大観衆——急変した山の天気に怯《おび》えたような表情からは、獣の気配が消え失《う》せている。

手四つ姿勢のまま、俺は一歩前へ進んだ。動揺した骸崎が連打を放つ。小気味よいパンチが無防備のボディに突き刺さった。先ほどよりは弱々しいが、それでも殴られるたびに肉が哭《な》き、骨が軋んだ。ラストシーンが近づいているのを確信した。

「ご覧ください！　私の知るピューマが、本物のプロレスラーが帰ってきました！」

新館の名調子に煽動《せんどう》され、観衆の声援がさらに高くなる。

と、五発目の拳を胸に食らった直後、煮立つ鍋の湯を注がれたような感触が、身体いっぱいに広がった。

強烈な吐き気。金属臭が喉の奥からせりあがり、生臭い液体が口のなかにあふれる。

はじけやがったな——血の爆弾め。

その場に倒れこみたい衝動をなんとか堪え、両足に力をこめた。

視野が急激に狭まっていく。奈良から聞いた症状よりもはるかにキツい。いま身体を襲っている激痛に比べれば、いままでの痛みなど熱めの風呂にしか思えなかった。

散々いたぶられた所為でアドレナリンが出ているのだけは救いだったが、それでも意識を失わずにいられるのは、三分かそこらだろう。

勝負は一瞬、一度きりだ。

覚悟を決めて自分の頬を思いきり張る。血がひとすじ、唇の端からこぼれた。

「いつまでチマチマとボディ狙ってんだ。この首、掻っ切ってみろや」

「……お望みどおり、獲《と》ってやるよッ！」

挑発に我を失った骸崎が、大きく弧を描いてナックルを打つ。次の瞬間、俺は口に溜《た》まっている血を無防備のツラめがけて吹きかけた。

捕食者の顔が赤一色に染まり、拳が空を切った。

「毒霧だあッ！」

プロレスファンが新館のマイクを奪って叫ぶ。ご名答——と、笑う余裕はなかった。

ヤンキーとのタッグで披露した血の毒霧が、この局面で役立った。助けたつもりが逆に救われるとはな——不肖の弟子に、心のなかで手を合わせる。

「さて……この際だから、きっちりと教えてやらァ」

視界を失った狼へ、じりじりと歩み寄っていく。

「俺ァ、前から思ってた。プロレスってなァ人生に似てるんだ。点が線になり偶然が必然になって、蒔《ま》いた種が忘れたころに花を咲かせる。虚も実も嘘も本当も、最良の出来事も最悪の出来事も、最悪よりさらにクソッタレな出来事も、最後には実を結ぶ。だから楽しいんだ。諦められねェんだ。止められねェんだ」

そいつを忘れんなよ、骸崎。

説教じみたレクチャーは耳に届いていない。視界を閉ざされた猛獣は、かすかな声をたよりに手足を振りまわしている。目標を見失った拳を躱して背後へまわると、俺は骸崎の背中に顔をぴったり密着させた。

呼吸に合わせて低く腰を落とす——なぜか、すでに痛みは感じなかった。

「ようこそ、食われる側へ」

捕食者が状況を悟り、懸命に暴れる。必死の抵抗を意に介さず、俺は脇の下へ腕を挿しこむと、強引に〈バンザイ〉の姿勢を取らせた。

「コッ、これはッ！　伝家の宝刀、クーガー・スープレックスッ！」

涙声で絶叫する新館に頷いてから、両手で骸崎の目を塞ぎ「安心しな」と囁く。

「五千回も受け身を取ったんだ、身体が憶えてるさ。だから、ガラ」

自分を信じろ。俺を信じろ。

それこそが、プロレスだ。

それができるなら、お前は立派なプロレスラーだ。

静かに告げた直後、頬を密着させていた背中の筋肉が、静かに弛んだ。

そのとき、たしかにヤツは「はい」と言った。

肺に残った空気を一気に吐きながら、俺は身体を後ろに反りあげた。

風圧と衝撃。狼が頭からマットに叩きつけられる。

失神したのか、骸崎の全身から力が抜けていった。

プロレスならばカウントを数える場面だが、当然レフェリーはマットを叩かない。補うように観客が「ワン、ツー！」と合唱する。スリーの声と同時に崩れ落ちるや、セコンドやスタッフがリングへ飛びこんできた。

どうしたのだろう——ひどく眠かった。

周囲の喧騒が遠い。天井のカクテルライトが、いつもより妙に温かい。

滲んだ視界の向こう、集まってきたセコンドのなかに鷹沢の顔を見つけたような気がして、語りかける。

どうだ、良い闘いだったろ。

最高の〈志合〉だっただろ。

近くにいるはずの友の答えを待たず、俺は静かに——目を瞑った。

エピローグ

「……あそこで死んでおけば、美しいラストシーンだったのにねえ」

呆《あき》れ顔《がお》の奈良が、横たわる俺の頭をカルテのバインダーではたいた。

「痛たッ……ひでェ凶器攻撃だ。下手すりゃ死んじまいますぜ」

「死にぞこないが死ねるんなら、いっそ本望じゃないのかい」

呻《うめ》くこちらの顔を、非道な女医は愉《たの》しげに観察している。

「肋骨《ろっこつ》が三本に右鎖骨と大菱形骨《だいりょうけいこつ》の骨折、左上腕筋と第三腓骨筋断裂《だいさんひこつきん》。打撲や裂傷は数えきれず、とどめは大動脈瘤《だいどうみゃくりゅう》の破裂と来たもんだ。普通だったら、諦めてくたばるもんだけどねえ。よほど悪運が強い……いや、どれだけ用意周到なんだと言うべきか。本当に姑息《こそく》な男だよ」

冷たい視線から目をそらし、ベッドのなかでこっそりと親指を立てる。彼女が言うとおり、俺は万全の策を講じていた。

自分の胸に巣食う〈時限爆弾〉を徹底的に調べあげた結果、手術までの時間が生死を分けると知った俺は試合当日、会場に隣接するビルの屋上に民間会社のドクターヘリを待機させていたのだ。おかげでギャラのほとんどはヘリのレンタル料に消えてしまったが、試合後すぐに奈良の総合病院へ搬送され、無事に緊急手術を受けることができた——というわけだ。

まあ、三ヶ月が過ぎたいまも病室で寝たきりというのは、やや想定外だったが。

「想定外だった……正直、あの場で死ぬ気なんだと思ってたよ」

窓の向こうに広がる晩冬の薄暗い空を眺めながら、奈良が呟《つぶや》いた。

「最初ァ、そのつもりでしたぜ」

「へえ……じゃあどういう心変わりで宗旨替えしたのさ」

「試合途中で、観客が望んでいるハッピーエンドは〈殺人レスラーの敗北と死〉だと気づきまして。だったら、そいつを裏切ってやるのが悪役の務め、俺の流儀だよなと、考えを改めたって次第で」

「つまり、あの結末はあんたなりのバッドエンドってわけかい……これを見るかぎり、とてもそうとは思えないんだけど」

言いながら、極悪女医がベッドの周囲を見まわす。

病室は無数の花々で飾られていた。花瓶だらけの床。ブーケに覆われている壁面。すべて、あの試合でピューマ藤戸のファンになったという酔狂な連中からの贈り物だ。花園に変えられた無機質な病室——そのきっかけは、とあるスクープだった。

奈良によれば試合から数日後、週刊誌に一本の記事が掲載されたのだという。

《驚きの真実、殺人レスラーは友情のすれ違いが生んだ悲劇だった！》

センセーショナルな見出しの記事は、俺の〈掃除屋〉が鷹沢救済を目的としていたこと、十五年前の試合も不運なアクシデントであったことなどを——奈良いわく、驚くほど事実どおりに——綴《つづ》っていたそうだ。

この記事が出るや世論は掌《てのひら》を返して俺を賞賛し、反対に殺人レスラーと煽《あお》っていたボルトを叩《たた》きはじめた。メディアも「視聴率至上の行き過ぎた残酷ショー」と批判の声を強めているらしい。俺に吹きつけていた逆風が百八十度向きを変えてボルトに襲いかかったわけだ。

スクープ記事の執筆者は無記名だったようだが、海江田と見て間違いないだろう。あの夜、真相を知ったカイエナはボルトにすべてを打ち明け、事実を公表するよう迫ったに違いない。けれども馳部は首を縦に振らなかった。

当然だろう。馳部にとっては、真実など使い終えた鼻紙よりも価値がない。目前のイベントをどう盛りあげるか、それこそが重要だった。それしか見えていなかった。そして、それが誤算だった。舞いあがっていた馳部は、海江田の本質を見誤ったのだ。

大金や名声に尻尾を丸めるハイエナはいない。〈真実に飢えた獣〉にとって、それは餌ではないからだ。追うべき獲物ではないからだ。

斯《か》くして、カイエナはカイエナなりのやり方で自分を貫いた。

やはり、俺はあの不器用な男が嫌いではないと改めて思う。いつの日か、話を聞きたいと申しこんできたときは応じてやってもいいかなと考えている。ただし、病室の花を全部持ち帰ってもらうのがインタビューの条件だ。お前の記事の所為で、部屋が花畑になっちまった。そんな文句でも言ってやろう。

困り果てた海江田の顔を想像すると、自然に笑みがこぼれた。

「で……もう一度聞くけど、これがハッピーエンドじゃないってのかい」

奈良の呆れ声で我にかえる。心変わりの理由を問われていたのを思いだす。

「理解しがたいよ。プロレスってのは、善悪の解釈が難しいもんでござんすね」

「ご名答。ああ見えて一筋縄ではいかないジャンルなんでさァ」

皮肉を適当な返事で躱《かわ》しながら、真相は墓まで持っていこうと改めて心に誓う。奈良や大曽根の言葉で生き抜こうと決意したなんて、死んでも言えるものか。

内心を見透かされまいと、俺は無理やり話題を変えた。

「そうだ、ガラはあの後どうしてますか」

「ああ、あんたの対戦相手だったら格闘技は引退、プロレス団体へ再入団するらしい。〝もう一度やりなおしたい〟とか言って、ゆで卵みたいな社長と会見していたよ」

ゆで卵が誰かはすぐにわかった。石倉だ。おおかた俺との再戦をにおわせて骸崎を口説き落としたに違いない。抜け目のないタヌキのこと、いまごろ若手エースである那賀とのライバルストーリーを画策しつつ、えびす顔で算盤《そろばん》をはじいているだろう。

まあ、無骨なあいつならガラと良い試合ができるかもな――手術後まもなく病室を訪ねてきた、傲岸不遜な那賀の顔が脳裏に浮かぶ。あの岩石ボーイときたら、ドアを開けて俺と目が合うなり「治ったら自分と再戦しろ」と宣《のたま》ったのだ。

「……藤戸さん、やりましょう。自分、勝ち逃げはさせないんで」

「なに言ってやがんだ。お前ェさんには、きちんと負けてるだろうが」

「あんな茶番は負けのうちに入りません。もう一度正々堂々と闘って……」

「おい、待てよ那賀」

訴えの途中で、背後に立っていたもうひとりの青年――葛城アキラが口を挟んだ。

「俺のほうが順番は先だろ。ね、藤戸さん、リベンジさせてくださいよ。なぜだか知らないけど、妹もあんたとの再々戦を楽しみにしてるんです」

「順番もクソもあるか、ピューマ藤戸は那賀晴臣が仕留めるんだよ！」

「違う。まずはこの俺、葛城アキラが倒すんだ！」

「いい加減にしろ！　見舞いなのか討ち入りなのかハッキリしやがれッ」

俺の怒号にもひるまず、馬鹿ふたりは看護師長につまみだされるまでの数分間、重病人の前で小競り合いを続けた――。

「……まったく、あのときは参りましたよ。慕ってもらうなァ嬉《うれ》しいが、若《わけ》ェのは元気が過ぎていけねェや」

嘆息する俺を、奈良が「あんただって、口だけはすっかり元気じゃないか」と、すげなく一蹴した。

「ま、これくらい元気なら、教えてやっても心臓麻痺《まひ》は起こさないかね」

冷徹だった口調が、穏やかに変わる。

「……数日前、鷹沢の脳波にわずかだが反応があった」

思わず上半身を起こそうとして、痛みに仰《の》け反《ぞ》る。その様子にため息を吐《つ》いてから、彼女は言葉を続けた。

「焦るんじゃないよ死にかけが。すぐに目を覚ましますなんて話じゃないんだ。ただ……限りなくゼロだった可能性が、イチになったのは確かだけどね」

可能性——その言葉へ反応したかのごとく、室内が一気に明るくなった。

厚い雲が切れ、陽光が顔を覗《のぞ》かせたのだ。

「ま、誰かさんの言葉を借りれば〝観客が望むハッピーエンド〟ってやつだね。あんたが気にしてた治療費も、当面は問題なさそうだし」

「え、どういうことですかい」

「海江田の記事が載って以来、〝治療費を寄付させてくれ〟って電話がひっきりなしなんだよ。おかげで、悪戦苦闘しながら支援サイトを準備する羽目になっちまった。まあ、頑張ってるのはあたしじゃなくて鷹沢の娘なんだけどさ」

どきりとする。意識が戻って以降、考えないよう努めていた名前。俺の動揺を察し、奈良が「もうひとつ知らせがあるよ」と、白衣のポケットに手を入れた。

「こいつを預かってる」

つまみあげたのは、ピンク色の小さく折りたたまれた紙片だった。

「理恵からだ」

考える前に腕が伸び、奈良の手から紙をひったくる。

少しだけ迷ってからおそるおそる開くと、それは一枚の便箋だった。

鉛筆の跡がところどころに残っている。何度も書いては消したのだろう。生真面目な理恵らしい、逡巡《しゅんじゅん》の痕跡だ。

手紙にはたった一行、

〈父も　わたしも　待ってます〉

力強い筆跡で、そう書かれていた。

太陽が再び雲に隠れ、空が鈍色《にびいろ》に戻る。部屋が陰る。

手紙の文字はもう読めなかった。

なに、焦らなくてもいい――待ち続けていれば、光はまた射《さ》す。

かならず。

「なあ、藤戸」

背を向けたまま、女医が静かに訊《たず》ねる。

「回復したらどうするつもりだい。医者としては〝復帰しろ〟なんて、口が裂けても言えないんだがね」

「リングに立つかは、まだなんとも。ただ……闘いは止《や》めませんよ」

あいつが諦めないかぎり、自分も――喉もとまで出かかった歯の浮く台詞《せりふ》を堪《こら》え、おどけた口調で告げる。

「あの試合で引退する予定でしたが、あいにく失神しちまったもんで。俺ァ、最後のゴングを聞いてねェんです。それをきちんと聞くまでは、終わりようがありませんや」

「なんだいその屁理屈《へりくつ》……まったく、本当にしぶとい野郎だよ」

奈良の台詞へ同意するように、強風が窓ガラスを揺らした。

「そりゃあ、こちとらレスラーですから」

風に蹴り飛ばされて、また雲が動きだす。

はるか遠くに、大地を照らす一条の光が見えた。

解説

関口　尚

プロレスが好きだ。

けれどプロレスは小説の題材として鬼門だと長年考えてきた。

と言うのも、プロレスには独特なグレーゾーンがあるからだ。プロレスを好きな人と、そうでない人が、どうとでも解釈できるグレーゾーン。

プロレスを見ない人たちから、「レスラーはどうして技を受けるの？」とよく聞かれる。たとえば胸元への逆水平チョップ。レスラーたちは何発も、ときには数十発も受ける。当然、胸板は赤く腫れ上がり、肌が裂けて出血することすらある。プロレスを見ない人たちは言う。

「よければいいじゃん」

いや、違うんだな。技を受けずしてプロレスは成り立たない。もっと言ってしまえば、技を受けることこそがプロレスだ。

プロレスは王様を決めるためのスポーツだと思っている。チャンピオンベルトのかかった試合なんてまさにそう。多くの民衆が見守る前で、王様にふさわしい強い男はどちらか試合で示す。

そうしたとき、相手の虚を衝《つ》いて目潰しや金的で勝っても民衆は納得しない。姑息《こそく》な手段で相手を倒したところで王様として認められない。軽蔑のブーイングが飛んでくるだけだ。

では、どのように勝てばいいのか。どのような勝ち方が望まれているのか。

それは相手を上回って勝てばいい。相手より屈強な肉体を持つことを示すため、あえて胸を突き出し、くり出されたすべての逆水平チョップを受け止めればいい。相手より攻撃力が高いことを示すため、相手の攻撃をすべて受けきったところで、お返しの強烈な一発で相手をリングに昏倒《こんとう》させればいい。

つまるところ、技を受けるのは相手より上回っていることを、肉体でもって明示するための演出なのだ。いくら言葉を尽くしても足りないほどの説得力を、肉体を用いて知らしめる演出。自分が王様だ、と。これが強さだ、と。

しかしプロレスを見ない人たちからすれば、この演出はなかなか理解できないようだ。やらせだと言う。八百長だと言う。リアルでないと言う。

いやいや、MMAをはじめとする格闘技において、試合前に会場やテレビ放送で流される煽《あお》りVTRでの演出やキャラ設定といったものを、レスラーは試合内容に落とし込み、自ら演じて披露しているのだ。それらの言葉は不当だと提言したい。レスラーは真剣に闘いながら、さらに演出してみせている。それはただ試合を行うより、難しい次元の闘いをしているわけだ。

ただ、演出といった虚構が入るため、小説の書き手であるぼくは、プロレスはやはり難しい題材と手を出すのをためらってしまう。小説という虚構内に虚構が生じてしまうからだ。座りが悪くなってしまうと言ったらいいだろうか。書いても白々しくなってしまいそうだし、面白くするためには技術はもちろんのこと、小説家としての腕力も必要とされる。

この座りの悪さは、ほかの多くの書き手も感じているのかもしれない。純然としたプロレスを描く小説が少ないのはそのせいだと思う。プロレスラーをキャラの面白さで登場させる小説はある。プロレスを端《はな》から八百長と決めつけて扱う小説もある。けれどプロレス好きの人間がまさに楽しんでいるところのプロレスそのものを、正面から描いた小説はなかなか見当たらないのだ。

ところがだ。

ありました。出ました。出会ってしまいました。

それがこの『掃除屋《クリーナー》』だ。演出だ、虚構だ、と御託を並べ、小説の題材として手を伸ばさないぼくをねじ伏せるかのように、ずばり純然としたプロレスが描かれていた。作中のピューマ藤戸《ふじと》の言葉を借りるなら、「リングの上で起こったことは、すべて真実さ」ってことなんだろう。書いてしまえばいいのだ。プロレスについて語るせりふではこうも言っている。「虚も実も嘘《うそ》も本当も、最良の出来事も最悪の出来事も、最悪よりさらにクソッタレな出来事も、最後には実を結ぶ。だから楽しいんだ」と。

そう、この気概だ。この気概こそ、プロレスファンがプロレスから受け取る最高のものじゃないか。書けばいい。やっちまえばいい。書いてでき上がったら、あとは読者に委ねればいい。ぼくはひとりの読者として、またひとりの書き手として、『掃除屋』を大変にエキサイトして読んだ。そして飛躍を承知で言えば、読後の感想は「いいプロレスの試合を見た」だったし、作者である黒木あるじさんは「いいレスラーだな」だった。

さて、内容に関してだ。まず主人公であるピューマ藤戸のキャラの造形がいい。プロレスラーの全盛期は二十代半ばから三十代半ば。藤戸は総合格闘技イベント《ファイアーボルト》参戦時に自ら四十九歳と言っているので、レスラーとして脂の乗った時期は過ぎ、コミカルマッチもこなすポジション。だが、強い。ハンチング帽をかぶり、交わされる会話には洒落《しやれ》っ気があるし、頭の回転も速い。プロレスのバックボーンとしてアマレスや柔道があるわけではないという。

にやりとしてしまう。実にリアリティーがあるからだ。となると、どうしたってモデルを想像してしまう。と言うより、モデルを想像することも『掃除屋』の楽しみ方のひとつだろう。

で、ピューマ藤戸の場合だ。かつて所属していた業界で一人勝ちの団体《ネオ・ジパング》のモデルが新日本プロレスだとするなら、彼のモデルは〈関節技の鬼〉藤原喜明《ふじわらよしあき》だろうか。はたまた〈いぶし銀〉木戸修《きどおさむ》だろうか。ヒールファイトもお手の物なので、ヒロ斎藤《さいとう》、後藤達俊《ごとうたつとし》、保永昇男《ほながのりお》らブロンド・アウトローズのにおいもする。たぶんこれら職人肌のレスラーたちのエッセンスを、凝縮させて生まれたのがピューマ藤戸なのだろう。長くプロレスを見てきた者にはたまらない主人公像だ。

また、ピューマというリングネームより藤戸が「ヒョウさん」と呼ばれることからは、「猫ちゃん」の愛称で呼ばれたいまは亡きブラック・キャットを思い出す。藤戸のフィニッシャーであるクーガー・スープレックスは、ドラゴン・スープレックスやタイガー・スープレックスに連なる素敵なネーミングであり、目隠しをして投げる（かなりエグい！）というオリジナリティーも加わって素晴らしい。作者のプロレス愛がディテールの隅々まで行き渡っていて、遊び心にニヤニヤしたり、プロレスを見る確かな目に感心したりしてしまう。

アナウンサーの新館四郎《あらだてしろう》はきっと古舘伊知郎《ふるたちいちろう》だろう。名レフェリーのトクさんこと徳《とく》永慎太郎《ながしんたろう》は和田京平《わだきようへい》だろうか。やまびこプロレスはみちのくプロレスに違いない。藤戸が緑色の絵の具を塗りたくって扮《ふん》したスンジート・カッパは、みちのくプロレスの怪奇派レスラー、ヨネ原人《げんじん》を彷彿《ほうふつ》とさせる。

唐突に自分語りをしてしまうが、ぼくは大学時代を盛岡で過ごした。みちのくプロレスの旗揚げにドンピシャのタイミングだった。通いまくったし、当時「週刊プロレス」がリリースしたみちのくプロレスのビデオにもけっこう映っている。『掃除屋』でやまびこプロレスの会場風景として、体育館にブルーシートが敷かれている様子が描かれているが、それはまさにぼくが青春時代にみちのくプロレスで目にしていたものだった。八十人ほどの観客の前でレスラーたちはときにコミカルに、ときに激しく闘い、それは本当に楽しかったのだ。だから感謝だ。やまびこプロレスの会場の描写で、郷愁を運んできてくれた作者には感謝しかない。

おっと作者のプロレス愛にあてられて、『掃除屋』をプロレスの面からばかり語ってしまった。最後となってしまったが、この『掃除屋』が小説としていかによくできているか語っておきたい。プロレスに詳しくない読者でも、楽しめるように配慮されているのだ。

たとえば〈掃除屋〉といった裏稼業を設定することで、プロレスに疎い読者でも物語に入っていきやすくなっている。依頼主あるいは依頼内容に関するミステリー的な展開が設けられ、きちんと腑《ふ》に落ちるラストが各話に用意されている。そしてこの〈掃除屋〉という設定と、裏稼業を始めた理由がまたやるせなくていい。プロレスに詳しくなくても、裏稼業を行う藤戸の悲哀と美学はじゅうぶんに伝わるだろう。

ほかにも美人でドSな極悪女医の奈良宏美《ならひろみ》は、ぜひ映像化して見てみたいと思わせるようなナイスなキャラだし、ライバル鷹沢雪夫《たかざわゆきお》との隠されたストーリーは涙腺を刺激されるし、次の世代のレスラーたちにバトンを渡すという話は尊い。登場人物にせよ、設定にせよ、エピソードにせよ、よく目が届いていて巧みなのだ。これらのことを楽しんで読み進めていくと、読者はメーンイベントとも言うべき最後の試合の場面にたどり着くようになっている。実にうまい。何より贈られた無数の本物の花々がいい。〈掃除屋〉の依頼の符牒《ふちょう》は造花だ。偽物の花。それが多くの本物の花が贈られるようになる。これはピューマ藤戸というプロレスラーが本物のレスラーとして世間に認められたということ。王様として知れ渡ったということ。憎い演出じゃないか。そう、演出。読者の心を惹《ひ》きつけ、エキサイトさせる見事な演出。やっぱり、黒木あるじさんはいいレスラーなのだ。

（せきぐち・ひさし　作家）

本文デザイン　坂野公一（welle design）

本書は、「小説すばる」二〇一七年三月号〜二〇一八年一月号に
連載された作品を加筆・修正したオリジナル文庫です。

初出
プロローグ　書き下ろし
第一話　造花　「小説すばる」二〇一七年三月号
「掃除屋」を改題
第二話　不運　「小説すばる」二〇一七年六月号
第三話　三巴　「小説すばる」二〇一七年八月号
第四話　好敵手　「小説すばる」二〇一七年十月号
第五話　捕食者　「小説すばる」二〇一八年一月号
エピローグ　書き下ろし

集英社文庫　目録（日本文学）

北森鴻　メイン・ディッシュ
北森鴻　孔雀狂想曲
城戸真亜子　ほんわか介護
木村元彦　誇り　ドラガン・ストイコビッチの軌跡
木村元彦　悪者見参
木村元彦　オシムの言葉
木村元彦　蹴る群れ
木村元彦　新版　悪者見参　ユーゴスラビアサッカー戦記
木村元彦　争うは本意ならねど　日本サッカーを救った我那覇《がなは》和樹《かずき》と彼を支えた人々の美《ちゅ》らゴール
京極夏彦　どすこい。
京極夏彦　南極。
京極夏彦　文庫版　虚言少年
京極夏彦　文庫版　書楼弔堂《しょろうとむらいどう》　破曉《はぎょう》
清川妙　人生のお福分け
桐野夏生　リアルワールド
桐野夏生　I'm sorry, mama.

桐野夏生　IN
桐野夏生　バラカ(上)(下)
久坂部羊　嗤う名医
櫛木理宇　赤と白
久住昌之　野武士、西へ　二年間の散歩
工藤直子　象のブランコ　——とうちゃんと
工藤律子　マラス　暴力に支配される少年たち
久保寺健彦　ハロワ！
熊谷達也　ウエンカムイの爪
熊谷達也　漂泊の牙
熊谷達也　まほろばの疾風《かぜ》
熊谷達也　山背郷
熊谷達也　相剋の森
熊谷達也　荒《あら》蝦夷《えみし》
熊谷達也　モビィ・ドール
熊谷達也　氷結の森

熊谷達也　銀狼王
雲田康夫　豆腐バカ　世界に挑み続けた20年
倉本由布　ゆめ結び　むすめ髪結い夢暦
倉本由布　迷い子の櫛　むすめ髪結い夢暦
倉本由布　夢に会えたら　むすめ髪結い夢暦
栗田有起　ハミザベス
栗田有起　お縫い子テルミー
栗田有起　オテルモル
栗田有起　マルコの夢
黒岩重吾　黒岩重吾のどかんたれ人生塾
黒川祥子　誕生日を知らない女の子　虐待——その後の子どもたち
黒木あるじ　掃除屋《クリーナー》　プロレス始末伝
黒木瞳　母の言い訳
桑田真澄　挑む力　桑田真澄の生き方
桑原水菜　箱根たんでむ　駕籠かきゼンワビ疾駆帖
源氏鶏太　英語屋さん

集英社文庫

掃除屋《クリーナー》 プロレス始末伝《しまつでん》

2019年 7 月25日　第 1 刷
2019年 9 月18日　第 2 刷

定価はカバーに表示してあります。

著　者　黒木《くろき》あるじ

発行者　徳永　真

発行所　株式会社　集英社
東京都千代田区一ツ橋2-5-10　〒101-8050
電話　【編集部】03-3230-6095
【読者係】03-3230-6080
【販売部】03-3230-6393（書店専用）

印　刷　凸版印刷株式会社

製　本　凸版印刷株式会社

フォーマットデザイン　アリヤマデザインストア　　マークデザイン　居山浩二

ISBN978-4-08-744004-1 C0193